Flávio Chame Barreto

As marcas de amor vão além dos lençóis

Rio de Janeiro

Edição do autor

2018

Contatos do autor:
Email: flaviocbarreto@yahoo.com.br

B2751 - Barreto, F. C; 1956

As marcas de amor vão além dos lençóis

Flavio Chame Barreto – Brasil:
Flavio Chame Barreto Editor - FCB Ed; 2018.
140 f.: Il.

ISBN-13: 978-85-924689-3-4

1. Romance. 2. Paixão. 3. Amor. 4.Ficção
II. Título.
CDD B869.35 - CDU 821.134.3(81)-3

Os poemas incluídos no início de cada capítulo foram autorizados para esse fim e originalmente publicados nos livros "Linhas Hialinas" e "Pontos Hialinos" de autoria de Flavio Chame Barreto.

Sumário

*"Os livros não mudam o mundo,
quem muda o mundo são as pessoas.
Os livros só mudam as pessoas."*
Mario Quintana

Capítulo 1 – A noite primeira

Entre nossos montes, picos e vales
passeiam as nossas línguas selvagens,
no rosto contorcido, mas sem sentir dor
na essência do prazer oriundo do amor.

Pelos seios que fogem saltitantes
dos refúgios próprios da fêmea
que escondem rosáceos diamantes,
que suavemente todo pudor queima.

Misturam-se fantasias, uivos, sumos
salivas e suores, daquela hora púbere
no embalo de um êmbolo sem rumo.

Até que arcanjos toquem suas trombetas
entre os ciprestes, no meio da ventania.
levando, enfim, paz para as garras e tetas.

("Noite primeira" - F.C. Barreto)

Pedro nem acreditava que depois de um ano e meio, finalmente estava de férias. Ainda bem que hoje o trânsito estava perfeito, sem engarrafamento ou acidentes.

Mesmo em certos pontos, onde não havia radares ou policiamento, não abusou do motor de sua nova motocicleta, afinal ele contava os minutos para chegar a sua casa, mas nunca transgredia uma regra, fosse qual fosse.

Estacionou na calçada em frente ao portão daquilo, que supostamente deveria ser a garagem da sua casa, mas que por medidas erradas em sua construção não permitia um carro passar entre elas, apenas uma moto.

Como era uma residência secular, na época em que foi erguida havia muito mais charretes e cavalos nas ruas do que automóveis. Logo, desperdiçar uma área para guardar veículos era algo impensável pelos seus construtores no início do século XX.

Assim o antigo portão era bem generoso para permitir confortavelmente a entrada de seus moradores, porém o acesso ao seu jardim era proibitivo para veículos típicos do século XXI com suas dimensões bem maiores.

Após entrar e estacionar sua motocicleta no jardim, o médico Pedro esticou o corpo, afinal estava esgotado e eram apenas oito horas da noite.

O dia fora bastante agitado no Hospital em que ele trabalhava como ortopedista. Exatamente aquele último plantão foi caracterizado por muitos atendimentos de quadros graves.

Ao se levantar do banco da moto percebeu o quanto seu corpo estava pesado e somente um banho de banheira possivelmente melhoraria isso.

Com um longo suspiro passou pelo espaço da inútil garagem ao lado do pequeno jardim e subiu os cinco degraus da escada lateral que davam acesso à varanda e à porta da frente da casa, que, como de costume não estava trancada.

Definitivamente, arrumação doméstica não era uma prioridade para ele, pensou equivocadamente consigo.

Repetiu a rotina de sempre colocando em cima de uma cadeira a mochila na qual levava seus pertences e o jaleco.

Em seguida, colocou as chaves em cima do rack branco da sala, onde ficavam uma televisão e uma improvisada estante com alguns livros, revistas, porta-retratos, pequenas esculturas e velas aromáticas. Curiosamente, na região central deste móvel via-se sobre um apoio, uma Bíblia Sagrada aberta na mesma página já alguns anos.

Pedro tirou o celular do bolso da calça e o colocou próximo das chaves, esbarrando em um porta-retratos vermelho com a foto dele no Cristo Redentor com sua ex-namorada, Vanessa.

Já fazia quase um ano que estavam separados, mas a foto persistia ali, como se nada tivesse acontecido.

Ao olhar para ela, pensou como fora fácil se apaixonar pelo seu jeito doce, pela sua pele suavemente clara, sua boca rosada e carnuda, seus cabelos castanhos e pelos seios fartos que tanto se destacavam naquele corpo escultural.

Porém o que mais lhe chamara atenção foi seu sotaque, típico da região sul do país. Sua fala parecia um cântico dos anjos e isso o encantara.

Ainda sentia sua falta. Muitas vezes chegava estressado do trabalho e lá estava ela, deitada na rede na varanda ou vendo televisão no quarto.

Só a presença dela ali com seu cheirinho doce acompanhando seu belo sorriso cativante era o suficiente para alegrá-lo.

— Nem tudo na vida "são rosas". – disse para si mesmo com voz sussurrada.

Colocou a foto no exato lugar onde estava. Ao se dirigir ao corredor que dava acesso ao seu quarto, passou o dedo nas teclas do piano que ganhara de herança de sua avó, junto com a residência secular que ele agora residia.

Ele brincava dizendo que herdara um piano construído nos primeiros anos do século XX que veio acompanhado da casa onde ele fora instalado.

Fora criado pela sua avó, pois perdera seus pais em um acidente automobilístico quando ainda tinha quatro anos e praticamente quase não se lembrava deles.

Na parede ao lado da entrada do quarto ficava sua coleção de DVDs e seu home theater e na região oposta ficava sua cama, cuidadosamente arrumada e vazia fazendo companhia ao guarda roupas com três portas deslizantes.

Aprendera a arrumar a cama com sua avó, sempre pela manhã após se levantar e mesmo depois que ela morreu, persistia em fazê-lo. Era como fizesse uma reverencia diária para ela. A sua estranha forma de rezar e homenageá-la.

O quarto era bem grande e ao lado da cama, um sofá de dois lugares branco e ao seu lado um frigobar complementava a decoração.

Jogou a blusa que vestia em cima do sofá e foi para o banheiro. Abriu as torneiras da banheira para temperar a água e enquanto ela enchia, ligou o aparelho de som.

Nessas horas ele agradecia ao bom gosto de Vanessa, afinal fora ela que dera essa ideia de fazer uma banheira de alvenaria com ladrilhos em uma das muitas reformas internas que ele fizera. Assim tinha no mesmo espaço a opção de tomar um banho rápido de chuveiro ou de um mais demorado, imerso na banheira.

Após uns minutos entrou na água, relaxando-o imediatamente, com aquela água morna e na medida certa.

Aos poucos seu corpo foi ficando mais leve. Com os olhos fechados e a cabeça apoiada na borda da banheira, não queria pensar em nada. Afinal estava de férias e tudo o que ele precisava era curtir um pouco a vida, porém as lembranças de Vanessa não estavam permitindo.

Desde que a conhecera, uma grande cumplicidade emergira, unindo-os como grandes amigos, porém crescentemente seu coração queria mais e a cada dia que passava um irresistível desejo lentamente incendiava seu corpo.

Eles praticamente se viam todos os dias, pois ela era enfermeira e trabalhava no mesmo hospital que ele. Assim, inicialmente eram apenas amigos, logo, era comum conversarem nos raros intervalos entre os atendimentos, almoçarem juntos e até jantarem quando os plantões coincidiam.

Porém, apesar dela já ter percebido que o sentimento de Pedro já ultrapassava os limites de uma simples amizade, se fazia de desentendida e ia deixando a vida seguir seu curso normal.

Até que um belo dia os dois foram convidados para passarem um final de semana no sítio de um amigo em comum.

Ele também era médico, trabalhava no mesmo hospital e coincidentemente era vizinho de Pedro. Tinha um casal de filhos, uma menina que acabara de entrar na adolescência e um menino mais velho que adorava jogar futebol.

Chegaram ao sítio pela manhã e particularmente aquele dia estava lindo e ensolarado.

Estavam todos na beira da piscina, quando surge Vanessa de short e blusa, dizendo que havia se esquecido de trazer seu biquíni.

- Eu posso te emprestar um – disse a filha adolescente do dono da casa, e sem aguardar qualquer resposta, se levantou e correu em direção da casa principal.

Voltou rapidamente com dois modelos na mão que entregou para Vanessa, dizendo para ela experimentar.

Apesar de nitidamente a menina ter um corpo bem menor que o da convidada, esta preferiu não decepcioná-la e se dispôs experimentá-los.

Claramente, ela já sabia que eles ficariam muito justos e teria que declinar da oferta, mas preferiu mostrar gratidão pela oferta e educadamente aceitou. Pensando assim, se dirigiu para o quarto indicado pela sua atenciosa anfitriã para vesti-los.

Como se passou algum tempo e Vanessa não retornava Pedro decidiu ir ver o que tinha acontecido, afinal, experimentar dois modelos de biquínis não poderia demorar tanto.

Como a porta estava entreaberta, entrou no quarto perguntando o que estava acontecendo.

Só deu tempo para Vanessa cobrir os seios com as mãos e, desta forma, ficaram ambos parados um olhando para o outro.

Pedro gaguejando pediu desculpas, mas não conseguia tirar os olhos do seu corpo e ela imóvel sem saber o que fazer, ficaram assim por alguns breves segundos.

Como se fosse combinado, ela acabou virando de costas para Pedro, que por sua vez fez o mesmo, permanecendo na soleira da porta.

Nesta posição de costas ele tentou ser natural perguntando se o biquíni tinha servido. Uma situação bem estranha, ele falando para a parede do corredor e tendo como resposta dela que aparentemente ficara muito pequeno em seu corpo.

Maliciosamente, já com a parte de cima colocada, Vanessa pediu para que ele se virasse e dissesse o que achava.

- Não ficou muito ousado? - perguntou com um olhar e uma voz que diziam muito mais do que aquela simples indagação.

Deu uma volta sobre si, enquanto aguardava a resposta. Pedro se aproximou olhando para aquele lindo bumbum e disse que estava perfeito, mesmo percebendo que o biquíni era minúsculo para aquele lindo corpo.

Foi chegando mais perto e sentou-se na cama bem próximo dela, pois estava excitado e preferiu disfarçar. Tinha dúvidas se devia expor assim tão declaradamente seu desejo.

Mesmo nessa incômoda situação, pediu para que ela virasse de frente para ver se tinha algum defeito e Vanessa com um misto de vergonha, malícia e aparentemente sem saber lidar com aquela situação, acabou se virando. Percebeu que o olhar de Pedro, naquele momento, simplesmente a desnudava por completo.

Ela não olhava para baixo, estava com vergonha. Desconfiava que ele discretamente admirava filetes da sua intimidade. Quem sabe até algo mais, exposto por algum pelo pubiano que atrevidamente estivesse fugindo do exíguo refúgio guardado por aquele pequeno tecido.

Virou-se de lado, arrebitando o traseiro, afinal, como na época ela não se depilava com tanto afinco, era bem possível que um ou mais pelos estivessem expostos pela lateral do indiscreto biquíni.

Desta forma, a posição de lado disfarçava aquela incômoda desconfiança, mas mesmo assim, o pudor a impedia de fazer qualquer movimento com as mãos para corrigi-la, caso uma exposição indevida estivesse acontecendo.

Pedro disse que o único defeito era um fiozinho na lateral e audaciosamente perguntou se podia tirá-lo.

Ela não respondeu, apenas seu olhar para a direção do fiapo demonstrou que concordava e, automaticamente se aproximou de lado, como se o corpo dela também dissesse sim.

Os dedos de Pedro puxaram suavemente o fio que teimosamente se mantinha íntegro se desfiando ainda mais. Até que ele instintivamente aproximou a boca e com os dentes forçou o corte.

Sua boca e seus dedos em suas ancas a enlouqueceram, não sabia o que fazer, estava ficando completamente sem sentidos, pois não sabia se deixava ou se parava de vez com aquilo.

Foi quando ele a puxou um pouquinho mais para perto e virando-a deu um beijo em seu umbigo. Sua língua abusada o penetrou e em seguida, continuou dando beijinhos pela barriga e foi subindo bem devagar até chegar aos seus seios que estavam protegidos pelas suas mãos, além do biquíni.

Pedro foi beijando sua mão esquerda e devagarzinho foi colocando a língua entre seus dedos e ela, enfim, cedeu entre suspiros deixando-o encostar os lábios no biquinho do seio, ainda protegido pelo pano.

Ele subiu ainda mais e finalmente se beijaram com imensa sofreguidão.

A sensação era maravilhosa para ambos. Ele a beijando na boca, no pescoço e nas mãos sobre o tecido que mal encobria os seios.

Em determinado momento persistiu, lambendo seus dedos bem lentamente e ela cada vez mais foi abrindo-os, até que descobriu parte do biquíni, deixando o seio exposto para ele finalmente beijá-lo.

A partir daquele momento, Vanessa perdeu todo o pudor e agarrou-se em seu pescoço puxando-o para suas tetas como se quisesse que ele as engolisse.

Pedro foi alternando entre os dois lindos mamilos, hora chupava um, hora lambia o outro e ela ali sem pensar em nada, até que ele a puxou para si e a fez sentar com as pernas abertas sobre suas coxas.

E assim de frente para ele, sentada em seu colo, bem na beira da cama, Pedro continuou a beijar e lamber seus seios.

Vanessa nem percebeu quando ele tirou a camisa, e de repente, quando viu pelo espelho Pedro já estava com seu dorso nu abraçando-a com uma volúpia incontrolável, teve um lampejo de bom senso e pediu para ele parar.

Estavam indo longe demais e obviamente ali não era o melhor local. Afinal estavam no quarto da filha adolescente do dono da casa.

Pedro deu-lhe mais um beijo na boca e falou com ironia que ela também tinha o direito de vê-lo pelo menos de sunga, Já que a tinha visto de biquíni e que isso não era justo.

Na hora Vanessa riu da maliciosa argumentação e disse que não, saindo de seu colo. Mas ele rapidamente tirou as calças e ficou ali de pé, somente de sunga e com toda a sua excitação exposta, em um formato bem duro e bem na frente dela.

Pedro novamente a enlaçou em seus braços e a puxou novamente, fazendo-a sentar-se de novo sobre suas coxas de frente para ele, na mesma posição anterior, de pernas bem abertas encostando sua vulva naquela colossal loucura tão rígida e real.

Ele mordiscou novamente um dos seus mamilos e sua resistência feminina se esvaiu. O bom senso e a razão foram para o espaço. Ela permitiu que ele fosse lentamente puxando-a para perto do seu corpo até sentir o contato daquele ousado duende enrijecido deslizando pelo gramado negro que camuflava a entrada de uma gruta já umedecida.

Mesmo por cima da sunga e do biquíni a sensação era enlouquecedora e finalmente ela se entregou de vez.

Pedro se deitou na cama e a puxou para cima e ela, por instinto, se esfregava em seu corpo por inteiro, mas, em especial naquele maravilhoso obelisco de prazer.

Ela se esfregando... esfregando... até sentir-se completamente molhada quase gozando assim, pela primeira vez na vida e daquele jeito.

De repente percebeu que ele tinha abaixado um pouco a sunga e ela já estava se esfregando diretamente nele protegida apenas pelo biquíni.

Que loucura... Naquela hora pensou até em parar, mas como já estava quase tendo um orgasmo, continuou, se esfregando com mais força ainda, até que ele desamarrou as laterais do biquíni.

Ficou novamente sem ação e parou, mas ele apenas disse, olhando-a nos olhos:

- Eu estou louco por você...

Em seguida ergueu a cabeça e abocanhou um dos seios, segurando suas ancas, forçando-a a ir para frente e para trás sobre aquele volume, que gradativamente tirava o biquíni do lugar permitindo o contato direto daquela carne dura e quente em uma gruta ávida por ser invadida.

Ela ficou tão alucinada, acelerando os movimentos, que nem se deu conta que ela própria, com seu dedo indicador e médio da mão direita abriu seus lábios mais íntimos e permitiu que ele enfim, entrasse nela.

A penetração acompanhada de seu gemido abafado foi a senha para iniciarem uma viagem sem volta para o paraíso.

Ela sentava e deslizava gostosamente, amplificando um prazer que ficava cada vez maior até culminar em um orgasmo indescritível.

Vanessa se contorcia de gozo sentada sobre Pedro totalmente dentro dela. Ao mesmo tempo, aquele homem enlouquecido também explodiu em jatos de prazer, afogando seu útero pulsante. Uma loucura sem igual, que durou intermináveis segundos de puro êxtase.

Quando finalmente se deu por vencido, deslizou flacidamente para fora de Vanessa, quase desfalecido.

Trouxe consigo um pouco da mistura de seus sumos que teimosamente brotavam daquela caverna ainda trêmula e que agora descansava sobre seu ventre.

Vanessa ainda continuou sentada por alguns instantes sobre aquele corpo inerte, beijando-o. A boca de Pedro sendo docemente procurada pelos lábios umedecidos daquela maravilhosa fêmea e, ao mesmo tempo, sua barriga era salpicada pelas gotas remanescentes daquela deliciosa loucura.

Apesar de arrumarem rapidamente a cama quando se levantaram para se vestirem, não perceberam que algumas daquelas gotas marcaram levemente o lençol. Era como se, aquelas pequenas marcas, fossem suas assinaturas do pacto de amor que estava se iniciando entre os dois.

Quando retornaram para a piscina, disseram que infelizmente os modelos dos biquínis não serviram. Mas certamente, todos perceberam pela demora incomum que muitas outras coisas haviam sido experimentadas e provavelmente couberam muito bem em ambos.

A discrição foi mantida em um pacto não explicito entre os presentes, brindando assim em silencio o início daquela relação.

Poucos meses depois eles oficializaram publicamente aquela união e Vanessa se mudou para a casa de Pedro.

Tinha tudo para ser um lindo conto de fadas com os dois vivendo esse amor juntos para sempre. Mas, infelizmente não foi bem assim.

Depois de longos minutos, imerso na banheira com suas recordações, Pedro percebeu que aquele banho foi o ponto alto do seu dia.

Saiu dela, desligou o som, enrolou-se na toalha indo direto para o quarto, onde caiu na cama e simplesmente apagou.

Capítulo 2 – Diferentes venenos que adocicam

Com a mesma palidez de uma misteriosa gueixa
desperto a cada dia no silêncio aguando no mar,
descrevendo a ferida do amor que nunca se fecha
apenas serei infinita, enquanto viver para te amar

> *Afora o martírio desta louca ninfa encarcerada*
> *na minha mente insana como verduga, vago,*
> *e meu jugo fende tua terra, tal adaga enferrujada,*
> *e assim aspiro a paixão, fumaça a qual eu trago.*

E deste modo, agradavelmente morro sufocada
e no peito uma batida rouca, apenas geme, suplica
sou tua réplica que não fica, mas pulsa ao teu lado.

> *E pela boca escarlate teu veneno escorrendo*
> *é minha fonte de vida, meu néctar de puro pecado*
> *que me mata de amor, para eu continuar vivendo.*

("Veneno que dá vida" - F.C. Barreto")

Pedro teve uma ótima noite de sono, sem preocupações prévias ou de ter que acordar cedo no dia seguinte. Dessa vez ele dormira de verdade, como uma criança que brincou intensamente por um dia inteiro.

Na manhã seguinte despertou como não acordava há muito tempo, estava totalmente disposto, sem nenhum cansaço e ainda com a toalha enrolada na cintura.

Deu uma boa espreguiçada antes de se levantar arrumar a cama, ir ao banheiro se lavar e escovar os dentes. Somente depois disso, finalmente vestiu uma cueca e foi para a cozinha, preparar seu desjejum matinal.

A decoração interna era praticamente a mesma para toda a casa, preto com branco e no caso da cozinha o vermelho fazia parte também. Um curioso contraste entre o ambiente externo tão clássico e seu interior com mobília mais moderna e despojada, com exceção do piano secular que destoava obviamente de tudo.

Pedro praticamente devorou o que viu pela frente. Frutas, sanduíches e sucos, afinal, já passavam das dez da manhã e estava com fome.

Além disso, também não fazia ideia do que iria fazer naquele dia. Estava solteiro e a maioria dos seus amigos estava trabalhando naquele momento.

Decidiu ir para a praça que ficava cerca de duzentos metros dali, lá ele achava que teria alguém para conversar ou até jogando futebol, no campo de areia. Estava certo.

Como morava no bairro já algum tempo conhecia um bom número pessoas e assim rapidamente se encaixou em um time.

Jogou por quase duas horas sob um sol escaldante. Tanto sua pele que logo ficou um pouco avermelhada, quanto o evidente cansaço, denunciavam ao final do jogo que seus trinta anos já começavam a pesar para ele.

Antigamente, sairia dali inteiro, mas agora, notou que precisaria de um tempo maior para se recuperar antes de caminhar de volta para casa.

Ao terminar o jogo se despediu dos conhecidos e se sentou em um banco na praça para descansar um pouco.

– Bom jogo cara! – falou seu jovem amigo Bruno, um conhecido das suas épocas de rua na infância.

Estabeleceram uma grande amizade mesmo existindo uma diferença de idade significativa de sete anos e isso na infância sempre é algo considerável. Porém depois de adultos essas distâncias geralmente são atenuadas pela vivência de cada um e assim tornaram-se bons amigos.

– Ganhamos... Mas, estou morto... Tem um bom tempo que eu não jogo bola – respondeu Pedro ainda ofegante.

– É mesmo... sempre vejo você passando pelo bairro. Mas aqui com o pessoal do futebol, tem bastante tempo que não o vejo.

– Muito trabalho... Sabe como é um hospital... Uma verdadeira loucura – disse Pedro soltando uma risada baixa.

- O meu é mais tranquilo, o único problema é que na Informática não tem horário... Quando o cliente liga é igual à emergência hospitalar.

Bruno se formara em Computação e trabalhava em uma empresa que dava suporte aos sistemas de grandes instituições. Isso justificava seus horários pouco convencionais e também porque ele naquele momento estava de folga enquanto a cidade inteira estava trabalhando.

– E ai, quando é o casamento? Daqui a pouco não vai dar mais para enrolar a namorada – indagou o desinformado Bruno.

– Não vou casar tão cedo, eu acho – buscou responder com um tom mais inofensivo possível.

– Ué, por quê? – o jovem realmente estava surpreso.

– A gente terminou já vai fazer um ano – explicou Pedro enquanto o fitava, percebendo a reação de Bruno que automaticamente alterou seu sorriso para uma expressão completamente sem graça.

Se pudesse enfiava a cabeça num buraco qualquer.

– Perdoe-me... Nem sei o que falar. – sua desculpa soou melancólica, mas, na realidade ele claramente ficara envergonhado.

– Relaxa, já tem muito tempo. – buscou um sorriso no fundo de sua mente, na esperança de esconder que esse era um tipo de assunto que não mais o incomodava.

– Estou me sentindo um idiota agora... – o sorriso de Bruno agora já era nervoso, mas prosseguiu insistindo.

— Mais o que aconteceu?

Sua pergunta era no mínimo descabida naquela situação, mas certamente sensibilidade ou bom senso não fazia parte do seu dia a dia. Algo tipicamente bem masculino.

– Ah, ela teve que sair daqui do Rio – Pedro falou com claro desdenho, mostrando que não estava nada confortável com aquela conversa.

Bruno enfim deve ter percebido isso e decidiu facilitar para ele:

– Bem cara... Eu vou indo, tenho umas coisas para resolver - e se levantou rapidamente.

– Valeu, até mais... Ah, o campeonato das ruas do bairro está chegando, vai participar?

– Não sei ainda. Até lá eu resolvo.

- Então, tchau! – Bruno se afastou com passos rápidos, típicos dos jovens, deixando para trás, seu colega sentado no banco.

Pedro ficara aliviado com aquela despedida, mas sua vida era caracterizada exatamente pela descrição. Apesar dele e Vanessa caminharem constantemente pelo bairro e assim se tornarem conhecidos por todos, logo que terminaram o relacionamento Pedro se concentrou no trabalho, ficando muito mais recluso.

Até mesmo nos seus dias de folga e fins de semana, preferia ficar em casa ou fazer atividades longe dali, tentando assim enterrar as lembranças e seus sentimentos por ela.

- Oi, Pedro! – uma doce voz feminina ecoou atrás dele, alguns minutos mais tarde.

Ao virar-se viu Mariana, a irmã caçula de Bruno que parara sua bicicleta, apoiando seu pé esquerdo na borda do banco onde ele estava sentado.

- Você viu meu irmão? – ela perguntou.

- Acabou de sair daqui – respondeu automaticamente.

Ver Mariana foi uma grata surpresa. Afinal ele a conhecera quando ainda era uma menina e agora ela estava ali, uma linda adolescente, provavelmente no frescor dos seus dezessete ou dezoito anos.

Estava vestida com um short curto do qual emergiam um lindo par de pernas e uma blusa colante que destacava seu lindo busto feminino.

Seus cabelos castanhos emolduravam um rosto que ficara misteriosamente belo e agora era realçado por um sorriso, que por incrível que pareça, ainda transparecia a pureza típica das crianças.

- Nossa! Como você cresceu! E como está linda! – Pedro não se conteve e naturalmente soltou o elogio, de forma pura e sem nenhuma outra intenção.

Mariana sorriu ainda mais e falou:

- Obrigada! Estou lisonjeada, mas elogio de uma pessoa que me viu crescer é muito suspeito – disparando uma gargalhada a seguir.

- Minha mãe pediu que eu chamasse o Bruno com urgência, pois ligaram para ele do trabalho e parece que o assunto é sério... Coitado, nem no seu dia de folga ele tem sossego – ela arrematou ironicamente.

- Bem! A essa altura ele deve estar já chegando à sua casa que é praticamente colada à minha... Então, pode considerar que o recado foi dado e a sua tarefa foi cumprida com louvor.

Enquanto Pedro falava, seus olhos iam descobrindo uma Mariana que ele efetivamente ainda não conhecia. Uma linda mulher que simplesmente desabrochava a partir de uma doce menininha que ele vira crescer, brincando naquela mesma praça.

- Vou para casa... Quer companhia até seu portão – Pedro falou brincando enquanto se levantava.

- Topo! – respondeu Mariana.

Seguiram caminhando lado a lado, conversando amenidades até o portão da casa dela. Assim ele soube que ela pretendia prestar vestibular no final do ano para cursar a faculdade de Enfermagem e estava estudando muito para isso.

Como a Enfermagem consegue atrair mulheres bonitas, pensou consigo mesmo, numa clara alusão a sua antiga companheira Vanessa.

Quando se despediram, com um beijo na face como sempre fazem os velhos amigos, ela falou:

- Mande um beijo para sua esposa... Ah! também fale para ela que em breve seremos colegas de profissão.

A fisionomia de Pedro certamente denunciou seu desconcerto para responder.

- Falo sim! Quando eu a encontrar... – gaguejou ao complementar a frase, esboçando um sorriso amarelo. Um breve silêncio se fez.

Enquanto ele já imaginava que teria que repetir a mesma história que dissera para Bruno, Vanessa simplesmente encerrou a conversa:

- Desculpe! Espero que você fique bem...

Era impressionante constatar como as mulheres conseguem entender todo o enredo a partir de uma única frase. Como era interessante constatar como a sensibilidade feminina percebia os sentimentos, mesmo aqueles escondidos no fundo da alma.

Pedro apenas sorriu e aquiesceu com a cabeça, se virando para ir embora, deixando para trás uma nova Mariana, que ele acabara de descobrir, mais madura, sensível e linda.

Ao chegar à sua casa Pedro foi direto para o banheiro. Foi mais um banho maravilhoso com exceção de seu estômago que já conversava com ele de forma agressiva.

Sua conclusão daquela discussão íntima com sua fome foi que ele não estava com a menor vontade de cozinhar. Então pegou o telefone fixo e ligou para um restaurante local pedindo o prato do dia.

Feijão, arroz, farofa, panquecas a bolonhesa e salada verde. De sobremesa gelatina de morango e um refrigerante de laranja para beber.

Assim que desligou o telefone, ele imediatamente tocou.

– Alô?! Pedro? – uma voz feminina indagou quebrando o breve silêncio.

– Oi, fala Beatriz – ele reconhecera imediatamente a voz da secretária do consultório que dividia com três colegas médicos, no qual atendia pacientes particulares dois dias na semana.

— Poxa, estou ligando para você desde cedo... Devo ter ligado para o seu celular umas dez vezes hoje e nada.

— Está bem, fala logo que houve? — não queria explicar que deixara o celular descarregar e tinha se esquecido completamente dele ao sair de manhã.

— Nessa terça feira você tem confirmado quatro pacientes, já na quinta apenas três marcaram... Você vai manter o atendimento semana que vem, ou vai tirar férias do consultório também? Tem paciente me ligando querendo marcar.

Beatriz falava sem parar, como uma metralhadora, mal dava tempo para Pedro raciocinar.

— Ah, não marque nada... Entrei de férias no hospital ontem e eu preciso descansar um pouco.

— Então por que você não me avisou?

— Foi de repente, adiantaram minhas férias... Faça o seguinte, desmarque todos e marque apenas para daqui quinze dias, ok?

— Tudo bem... Boas férias para você e qualquer coisa me liga.

- Valeu. Um beijo. Tchau, tchau.

Mais uma vez ele se esquecera de carregar seu celular e agora localizá-lo era um mistério.

Saiu da cozinha em busca do aparelho, porém foi rápido achá-lo. Estava em cima do rack na sala, em frente à foto de Vanessa, aliás, como sempre.

Parecia que ele ainda a ouvia respondendo a sua constante pergunta:

- Querida! Você viu o meu celular?

- Claro! Está no rack da sala. Onde mais poderia estar? Você sempre o deixa lá!

Pegou o aparelho e o colocou para carregar. Enquanto isso tomou um banho rápido, recebeu a comida e almoçou.

Decidira que iria ver as chamadas não atendidas apenas depois de comer. Para sua sorte eram apenas quinze ligações, sendo onze de Beatriz e felizmente nenhum caso grave.

Após retornar alguns contatos deitou-se na cama com séria intenção de assistir a um DVD que estava postergando há semanas. Era um filme de ação estrelado pela belíssima atriz Angelina Jolie, um espetáculo de mulher. Pedro duvidava que algum homem em sã consciência dissesse o contrário.

Ligou o DVD e logo depois da primeira aparição da personagem, ele caiu no sono. As mulheres bonitas tinham esse estranho poder, fazer os homens desmaiarem, para assim, quem sabe sonharem com elas.

A manhã despertou a cidade com um lindo amanhecer. Naquele dia Vanessa ao acordar se espreguiçou um pouco, mas ainda ficou deitada por alguns instantes, olhando para o teto antes de se levantar de vez da cama.

O olhar perdido na superfície branca do teto do quarto lhe transmitia tanta paz que seus pensamentos voaram para um passado recente.

Um tempo onde praticamente não existia aquela tranquilidade matinal após uma maravilhosa noite de sono.

Os últimos meses de sua relação com Pedro foram repletos de ruidosas divergências ou desentendimentos que contraditoriamente, muitas vezes já estavam ficando silenciosos e guardados na alma, solitários. Curiosamente a intensa intimidade que a vida a dois inicialmente propiciou, também desmascarou gradativamente imensas diferenças entre ambos.

Pedro era praticamente um viciado em sexo. Vivia em um cio permanente, desejando-a quase todas as noites. Aparentemente o que para a maioria das mulheres seria um sonho de consumo, com o tempo, esta situação passou incomodá-la.

Não raras vezes, cedia apenas para satisfazê-lo e mesmo quando ela usava as clássicas desculpas femininas, como enxaquecas ou cansaço, percebia que ele demorava a aceitar sua negativa e arrefecer seu ímpeto sexual.

Pedro quase não a deixava sentir, por ela própria, o desejo emergir de seu corpo. As preliminares tão prazerosas e cuidadosamente executadas por ele nas primeiras relações foram encurtadas no cotidiano a tal ponto, que praticamente não eram mais feitas.

Ao final da relação, pouco antes de se separarem definitivamente ela já se sentia quase como um objeto sendo usada por ele, apenas para seu mero prazer.

Mesmo após fazerem as pazes depois de discutirem ou brigarem, sob o olhar de Pedro a cama tinha que ser o ponto final das desavenças.

Não existia mais o carinho e a atenção do início. Pareciam dois desconhecidos convivendo sobre o mesmo teto, dois mundo e necessidades muito distintas.

Pedro não conversava mais com ela e demonstrava visível desinteresse em suas falas ou opiniões.

Seus planos e sonhos não faziam parte do mundo dele e receber carinhos sem objetivar sexo, nem pensar. Isso havia sido abolido terminantemente da vida daquele homem, que um dia já havia sido seu príncipe encantado e agora estava bem mais para sapo.

Vanessa agora era apenas seu receptáculo de orgasmos que o fazia adormecer rapidamente, após terminarem, ou melhor, ele terminar.

Quando ela um dia aceitou o convite de sua antiga amiga Adriana, uma bem sucedida dentista, para fazer compras em um shopping, não imaginava que estava começando a encerrar sua relação com Pedro.

Elas se conheceram ainda no curso vestibular, quando Adriana passou para a faculdade de Odontologia e Vanessa para Enfermagem e mesmo estudando em graduações diferentes mantiveram a amizade, até depois de formadas.

Sempre se encontravam para baterem papo e com o tempo, além de se tornarem grandes amigas, passaram a ser confidentes.

Assim, Adriana passou a ser o único ombro amigo que abrigava o desabafo e eventual pranto da amiga que apenas via seu relacionamento com Pedro se desmoronar dia após dia.

Vanessa até que tentou inúmeras vezes mostrar para ele seu descontentamento com a sua postura. Todas elas foram inúteis e invariavelmente seus lamentos tinham endereço certo: O abraço confortante de Adriana que sempre a ouvia pacientemente e lhe dava o carinho amigo que tanto faltava em sua vida.

Aquela amiga era realmente muito especial. Uma bela morena, alta e esguia, simpática, comprometida apenas com o seu trabalho e também sempre disponível para ouvi-la.

Quando Vanessa enfim, decidiu se separar, a primeira pessoa que soube da sua decisão foi exatamente Adriana, que além de apoiá-la, ainda se ofereceu para hospedá-la provisoriamente.

Assim, ela entrou naquela casa como uma refugiada da guerra conjugal em que vivia e ainda permanecia naquele oásis de paz, inclusive até aquela manhã.

Com a amiga passou a compartilhar bem mais sua intimidade, além de vários momentos recheados de pequenos prazeres domésticos, como ver Dvds, esparramadas no sofá dividindo a pipoca ou jantar, conversando amenidades do dia a dia.

Vanessa finalmente era ouvida e também escutava. Opinava e recebia opiniões, explanava seus pontos de vista e ouvia atentamente os da amiga, enfim, ela se sentia novamente viva e visível para alguém.

O carinho mútuo também fazia parte do cardápio cotidiano de ambas, até que um dia, depois de exagerarem um pouco mais no vinho, o primeiro beijo aconteceu.

Inicialmente, Vanessa ficou um pouco desconcertada, mas não recriminou a ousadia de Adriana, que simplesmente sussurrou que sempre a amara enquanto sua língua invadia a boca que ela tanto desejara.

O vinho aguçara a coragem para ambas darem um passo além daqueles que seus limites internos permitiam. Afinal já algum tempo elas percebiam que existia algo bem maior entre elas, porém mantinham-se na fronteira de um suposto bom senso.

Mas graças ao bom Deus, o vinho facilitara as coisas e aquele beijo foi o marco fundamental para mudar para melhor a vida de ambas.

Até aquele momento, o máximo que já havia acontecido foi adormecerem abraçadas, uma esquentando a outra.

Adriana quase sempre dormia de camisete e calcinha e Vanessa de camisola ou baby-doll. Os cheiros dos cabelos e da pele impregnavam o recinto e certamente mil pensamentos devem ter passado pela cabeça de ambas antes delas consumarem aquele ato de amor.

Muitos conflitos internos foram silenciosamente sufocados nas inúmeras noites em que dormiam tão próximas e ao mesmo tempo separadas por um muro intransponível e invisível de um falso pudor.

Mas, sempre no dia seguinte ao despertarem, agiam naturalmente como se nada tivessem imaginado ou desejado.

Até que aquele beijo derrubou a muralha e assim, Adriana ao segurar a cabeça de Vanessa sugou todos os seus medos.

Um demorado banho de língua se seguiu por todo seu corpo. Uma busca inesquecível pelos seus suspiros e delírios que molhavam a intimidade de ambas.

Seus corpos quentes, macios, aveludados enroscando-se em um ninho de amor encharcando um desejo intenso que foi sentido assim que suas calcinhas se esfregaram pela primeira vez.

Línguas e lábios que se enfrentavam e se invadiam maliciosamente. Seios que se amassavam e mamilos que deslizavam nos seus corpos.

Pernas que naturalmente se encaixavam e permitiam seus sexos se unirem com volúpia, acelerando seus corações sem culpas.

As contrações crescentes passaram a ser acompanhadas pelos gemidos que arrepiavam as peles e as entranhas de ambas.

Adriana mordeu levemente os ombros de Vanessa enquanto sua mão buscava seu sexo. Beijou seu corpo e desceu calmamente, lambendo coxas, pernas e pés. Até que abriu suas pernas e se inebriou com odor exalado pela calcinha que ali jazia resguardando as portas do paraíso.

Vanessa sentiu dedos entrando por baixo da lingerie, puxando-a para o lado e uma língua suavemente circulando pelo seu clitóris e assim, instintivamente afastou um pouco mais as pernas e se libertou de vez.

Maliciosamente, Adriana enfiou a língua fazendo-a apertar sua cabeça, trazendo-a para si para fazê-la gozar com ela pulsando de prazer pelas suas mãos.

Após uma breve pausa, Vanessa veio até o seu pescoço e a beijou. Agora era a sua língua que corria pela pele suada da amiga. Seus dedos pressionavam a vulva úmida de Adriana e também massageavam suavemente seu clitóris exposto pela lateral rendada da calcinha que forçosamente foi puxada para o centro, expondo aquele pequeno vale umedecido.

Seus seios estavam quentes e ela os esfregava naquele ventre que arfava. Ergueu seu quadril e em dado momento, inclinou o corpo para trás ficando de quatro, posicionando sua vulva contra a dela esfregando-se em um ritmo delicadamente constante.

Finalmente abaixou e tirou-lhe a calcinha. Afundou um dedo naquela fenda completamente molhada enquanto sua língua nervosamente açoitava aquele sexo melado. Adriana gemia enquanto acariciava seus próprios seios e mamilos contorcendo-se crescentemente até atingir um intenso orgasmo que a fez desfalecer por alguns segundos.

Adormeceram abraçadas como já havia ocorrido muitas outras vezes. Só que a partir daquele momento, nenhum muro invisível separava as duas.

O cheiro de café a despertou de seus ousados pensamentos. Com certeza Adriana já estava preparando o desjejum com o carinho de sempre.

Finalmente se levantou e caminhou em direção ao banheiro para tomar uma boa ducha. Aquela paz em sua vida e a sensação de realização e felicidade era indescritível, porém para chegar até esse ponto muita água rolou, polindo as pedras que calçavam o fundo do rio de seu destino.

Flavio Chame Barreto

Capítulo 3 – As imperfeições das paixões

Eu, lagoa de águas sedutoras e transparentes.

Tu, uma lua cheia, opalescente e luminosa.

Eu, lavando teus reflexos sempre brilhantes.

Tu, espelhando em mim, tua luz leitosa.

Do pequeno pássaro até o feroz leão

todos saciam a sede me sorvendo,

depois te fitam com devoção

como uma prece, te agradecendo.

A igualdade dos instintos dos viventes,

nesse mágico momento, é a prova cabal,

que somos imperfeitamente semelhantes.

E a junção dessas grandezas nos faz vitais

para a sobrevida de qualquer amor normal,

a importância assemelhada, nas formas desiguais.

("A perfeita imperfeição" - F.C. Barreto)

Ao despertar Pedro desligou a televisão. Mais uma vez, adormecera e não conseguira ver o filme.

Após se espreguiçar decidiu sair um pouco, dar uma volta.

Vestiu um jeans, uma blusa polo, tênis e até ligar sua moto, não tinha um lugar específico para ir.

Deixaria que o vento o levasse – Pensou consigo.

Estava quase no final da tarde e o clima refrescara um pouco, mais o céu continuava bem azul e quase sem nuvens.

Para sua surpresa, quando se deu conta, estava indo em direção a um dos shoppings da Barra da Tijuca.

Subiu a rampa para o estacionamento e parou na primeira vaga que viu. Aparentemente dava para perceber pela quantidade de vagas livres que ele estava bem vazio.

Seguiu direto para o segundo piso e puxou conversa com uma conhecida de um quiosque de perfumes. Ela se chamava Thais, não era tão bonita, mas aos seus olhos sempre se mostrara simpática. Na verdade era uma mulher comum, nada de diferente que lhe chamasse a atenção. Porém, sempre estava disponível para conversar, afinal ela não estava vendendo nenhuma novidade e sua simpatia certamente a ajudava nas vendas.

– Estranho o shopping vazio dessa maneira e nem é tão cedo. – comentou Pedro sem ânimo.

– Poxa nem fala, assim fica difícil faturar.

– Imagino. Vou dar uma volta, vai querer alguma coisa?

– Não, obrigada.

– Depois eu volto para comprar um perfume novo.

– Vou ficar aguardando... vai lá!

Apenas sorriu para ela ao se despedir. Toda aquela monotonia o entediava mais e mais. Queria algo, só não fazia ideia do que.

Entrou em uma loja de departamentos, porém nada naquele lugar o atraía, nem sapatos ou roupas, filmes ou livros, celulares ou câmeras.

Nem as funcionarias da loja o motivava iniciar um papo.

Bem antes de conhecer Vanessa ele teve um romance bem tórrido com uma atendente de uma loja de bolsas bastante conceituada por dali.

Ela se chamava Tereza, tinha longos cabelos escuros, pele clara, usava roupas comportadas e se portava de forma discretíssima, porém entre quatro paredes era uma verdadeira leoa no cio.

Muitas vezes, por baixo daquele vestuário sóbrio ele descobria ousadas lingeries e até, mas raramente, a ausência de calcinhas, o que lhe enlouquecia.

Por causa dessa deliciosa dupla faceta ele a chamava na intimidade de falsa santa ou às vezes de santinha do pau oco. Afinal, por dentro daquele corpo que externava tanta santidade, fervilhavam tentações e um razoável exercício de obscenidades incontáveis.

Era uma recatada mulher em público e um verdadeiro furacão na cama, com direito a permitir-se realizar todas as fantasias sexuais que um ser humano pudesse imaginar.

Na verdade ela seria a mulher ideal e que a maioria dos homens gostaria de ter, salvo um pequeno detalhe: Ela não queria dividir sua vida com ninguém. Amava ser livre e não ter compromissos mais sérios.

Assim fizeram um pacto. Ela o usava quando precisava de sexo e depois cada um seguia seu rumo. Pedro cumpria rigorosamente sua parte no acordo, até Vanessa surgir na sua vida.

Depois que passaram a morar juntos, ele rompeu o acordo com Tereza, sua santa do pau oco e nunca mais a viu.

Para evitar qualquer tipo de tentação, apagou do seu celular os números dos telefones dela e assim perdeu literalmente os seus contatos.

Quem sabe, não estava na hora de reativar o acordo? Pensou ironicamente consigo.

E assim, se dirigiu para a loja de bolsas em que aquela santa trabalhava. Ao chegar, perguntou por ela e ficou visivelmente desapontado quando soube que ela não mais trabalhava ali.

Para piorar a situação, ninguém sabia informar nada sobre ela, já que se demitira há quase um ano.

Como o destino pode ser tão cruel com aqueles que querem resgatar contratos tão importantes na vida – Pensou consigo, ao sair da loja.

Parou em um quiosque para tomar um café. Para variar, apenas uma mesa era ocupada por um casal e todas as outras estavam vazias.

Uma bela morena trouxe um pequeno cardápio com os tipos de café disponíveis e as várias opções de acompanhamentos.

Seus cabelos cacheados e olhos cor de mel lhe chamaram a atenção, aparentava bastante simpatia, ao responder as indagações feitas por Pedro.

Se bem que isso faz parte do manual do comércio. Ou seja, qualquer funcionário tem que ser solícito e simpático com a clientela, logo, aquele sorriso fazia parte de seu roteiro de serviço. Alem dele, o uniforme impecável e a paciência para esperar o cliente se decidir o que iria consumir completavam o perfil ideal da função.

A voz meiga respondendo as perguntas e sugerindo as combinações soavam como uma canção suave para seus ouvidos.

Uma aliança dourada que ocupava seu dedo anelar esquerdo era tão grossa que mais parecia uma algema.

Uma mulher atraente, via de regra, sempre tem um dono, pensou consigo.

– Tão nova e já casada? – perguntou ousadamente, mas era visível que o tom de brincadeira empregado, soou bem mais como uma nítida tentativa de puxar um papo mais informal.

– Não sou "tão nova" quanto aparento – respondeu ela.

Seu sorriso era muito bonito, parecia até de comercial de creme dental.

– Você tem no máximo a minha idade, uns vinte e cinco anos? – mentiu descaradamente Pedro, já que beirava os trinta.

– Uma mulher raramente declara sua própria idade, mas como você já entregou a sua... Tenho exatos vinte e sete e estou casada há dois anos e meio.

– Com certeza ele é um homem de sorte.

– Realmente ele é e espero que continue pensando assim... E então já decidiu o que vai querer?

– Sim! Saber seu nome em primeiro lugar — perguntou com um tom galanteador.

– Iara.

– Humm... "A deusa das águas" - complementou.

– É o que dizem... — respondeu com uma risada sincera.

Pedro fez o pedido, finalmente.

Aguardou alguns instantes e depois que ela o serviu, manteve-se discreto, olhando distraidamente sua rede social em seu celular.

O seu bom senso recomendava manter distância de mulheres casadas, mas na verdade foi aquela algema em formato de aliança que o fez refletir novamente sobre casamentos.

O que será que acontece para uma mulher romper uma relação tão sólida ou passar a se sentir infeliz ou mesmo insegura em sua vida matrimonial?

Definitivamente, aquelas eram perguntas com inúmeras respostas intimamente ligadas às variáveis quase infinitas.

- Até logo, Iara... E muito obrigado pela atenção – despediu-se respeitosamente com um sorriso ao ir embora.

Preferia imaginar que as marolas emanadas por aquela deusa das águas, deveriam continuar quebrando calmamente na mesma praia que ela já escolhera. Nada de procurar ou provocar Tsunamis facilmente evitáveis em sua vida.

Continuou caminhando pelas vielas do shopping, mas não conseguia ver nada interessante em nenhuma loja. Chegou à praça de alimentação, quem sabe alguma coisa o chamasse atenção por lá. Nada.

Viu apenas uma mulher parada, passando um batom de tom avermelhado em frente a um dos espelhos fixados nas colunas do prédio, o que mereceu dele um olhar mais atento.

Ela usava um vestido vermelho, pouco abaixo do joelho que pelo reflexo espelhado parecia ter um decote generoso. Também marcava muito bem suas belas curvas e a cor fazia uma ótima combinação com sua pele levemente corada.

Seu corpo parecia feito à mão, mas não havia exageros. Seus seios eram fartos, assim como suas pernas e quadris, junto a uma cintura de dar inveja a qualquer outra mulher.

Cabelos negros longos, lisos, volumosos e com um brilho fascinante complementavam aquela linda figura feminina.

Pedro ficara quase hipnotizado com aquela imagem, até que o olhar dela através do espelho o fez desviar o olhar.

Curiosamente se sentiu como um adolescente envergonhado ao ser flagrado fazendo besteira. Assim, disfarçou sentando em uma mesa vazia e em sequencia pegou o celular, fingindo ligar para alguém.

Usou sua visão periférica para ver se ela ainda estava no mesmo ponto e para sua decepção ela já não estava mais lá. Relaxou. Não tinha então porque ficar desconfortavelmente nervoso, afinal certamente não veria de novo.

Guardou o celular no bolso traseiro do seu jeans claro, ajeitou a blusa pensando em retomar seu trajeto pela praça de alimentação.

A tentar se levantar seu celular caiu e ao vê-lo no chão, Pedro soltou um xingamento baixo e rapidamente se abaixou para pegá-lo. Ao se acomodar novamente na cadeira e levantar a cabeça levou um susto. Bem ali na sua frente estava ela com um olhar de pilhéria, provavelmente se divertindo com a sua reação e o impropério que ele liberou impensadamente.

- Quebrou?

- Acho que não! Respondeu de forma quase automática, olhando para o aparelho, como quem não quisesse ser fulminado pelo olhar de galhofa da curiosa interlocutora.

Pedro estava com uma expressão de susto, caracterizada pelos olhos arregalados, até que ela se inclinou para frente colocando os braços sobre a mesa.

Ela abriu a boca para falar mais não disse nada, só um simples sorriso que mesmo assim foi bem sensual devido à leve mordida no lábio inferior da sua boca carnuda.

– Então, não vai falar mais nada, não? Enfim ela quebrou o silêncio.

Sua voz tinha um timbre feminino sedosamente grave sem soar demasiadamente meiga, o que definitivamente não combinava com ela.

– Ahhh, é... O que faz aqui? – Pedro apenas balbuciou como resposta.

– Gostei da expressão da sua cara me olhando disfarçadamente pelo reflexo do espelho.

Parecia que a voz dele ficara travada por causa daquela ousada abordagem. Nada saía de seus lábios, nenhuma palavra.

Sentiu um calor queimando seu rosto e pode perceber um pouco de suor brotando em sua testa e também seu coração que estava em um ritmo indescritível.

– Por que você está tão nervoso?

Ela continuava irritantemente ousada e bem mais irônica.

Havia certo sotaque no seu falar, seus olhos verdes como alface eram profundos e provocativos. Pedro estava paralisado e ela havia feito isso como se fosse uma entidade espalhando sua magia.

– Não, não... Não estou nervoso... Só surpreso com você aqui na minha frente.

– Então, vamos começar direito... Qual o seu nome? – ela facilitou, formalizando mais o tom de sua voz.

– Pedro e você?

– Acsa. Acsa Fatma Maslaham.

– É um nome forte e soa bonito, apesar de ser diferente... Qual a origem desse nome Acsa?

- É um nome diferente aqui, mais é bem comum entre os muçulmanos... Tem origem hebraica que originalmente significava "enfeite para tornozelo" e depois passou a significar "pessoa adornada".

- Nossa! É a primeira vez que vejo alguém explicar tão detalhadamente a origem do seu nome!

- Claro! Esta deve ser a milionésima vez na minha vida que alguém me perguntou a origem dele – justificou sua resposta com o mesmo sorriso magnético.

- Pensei até que era um nome bíblico – retrucou Pedro.

- Também é... Nas Escrituras Sagradas, Acsa era a filha de Caleb, um dos treze homens enviados por Moisés em busca da Terra Prometida – e arrematou com mais uma pilhéria:

- Já deu para perceber que você nunca perdeu tempo lendo a bíblia – finalizou com uma gargalhada comportada.

Pedro aquiesceu com a cabeça. Realmente tinha uma linda edição daquele livro sagrado aberto na mesma página em cima do rack de sua sala, já alguns anos. Contudo, certamente ele nem sabia mais o que estava escrito naquela folha empoeirada pelo tempo.

Bastou ela lhe dizer seu nome e explicar sua origem, para em seguida descobrir que ele desconhecia o conteúdo do livro mais lido na história da humanidade.

Um pouco mais refeito, resolveu ironizar também:

- Bem, deveria ser um nome em alta no Brasil, afinal é grande o recente sucesso de "enfeites para tornozelos", como por exemplo, as "tornozeleiras eletrônicas"... E você já agarrou um pé para chamar de seu?

- Não! Sinceramente não tenho esse perfil – respondeu brincando.

- Você não é daqui?

- Não!

– E de onde você é?

– Posso então me sentar um pouco para você dar continuidade ao interrogatório ou esta esperando por algum tornozelo? Complementou.

Acsa realmente tinha um raciocínio muito rápido, alem de mostrar que era muito desenvolta e desinibida. Isso estava encantando Pedro.

- Ah! Desculpe... Por favor – ele estendeu a mão indicando a cadeira em frente, se levantando e reproduzindo a clássica referência masculina, quando uma dama se senta em uma mesa.

- Adorei o cavalheirismo... Vai comer ainda?

Pedro hesitou em responder. Precisou de um tempo para se certificar que não havia nenhum duplo sentido naquela indagação.

– Na verdade não. Você aceita alguma coisa?

– Também não... Na verdade eu estou esperando uma amiga de trabalho... Marcamos aqui, mas ela esta atrasada.

– Então o que você faz da vida, Pedro? Acsa prosseguiu.

– Eu sou médico, trabalho em um hospital próximo daqui.

– Você não tem cara de médico... Combina mais com engenheiro.

– Não é a primeira vez que eu ouço isso — expressou um sorriso meio torto.

– É sério, você tem uma postura diferente, sabe? Não que todos os médicos sejam assim, mas você tem algo de diferente.

– Bem, e você? Parece ser modelo, certo?

– Não! Sou recém-formada em Direito e prestes a fazer a prova da Ordem dos Advogados do Brasil para, enfim, advogar.

– Você também não tem cara de advogada – alfinetou de volta Pedro.

- Combina mais com artes cênicas.

- Na verdade eu consegui me formar e me manter até hoje trabalhando como dançarina... Sou do elenco de apoio de alguns programas de televisão e também sou professora de dança de salão em uma escola perto daqui.

– Que tipo de dança você faz?

– Estudei Balé durante muito tempo, mas larguei e agora danço e ensino de Valsa até Tango.

– Interessante... É uma atividade muito saudável e ao mesmo tempo também deve ser um passatempo muito divertido, agradável e principalmente bonito.

- Esse é o principal problema... Não é só uma atividade e sim um trabalho muito desgastante e cansativo... Só que a maioria das pessoas sempre me perguntavam se além de dançar, eu trabalhava em algum lugar também... Infelizmente a dança ainda não é considerada como uma profissão séria, por aqui.

- E no seu país a dança é uma profissão reconhecida? Indagou maliciosamente Pedro, para ver se ela diria de onde era. Certamente aquele sotaque não era típico de quem foi criado naquela cidade.

- Você é muito sagaz – Acsa respondeu com uma gargalhada.

– Bem, no país ideal que visualizo em minha mente, sim! A dança é um trabalho quase sagrado... Um sacerdócio tão importante quanto medicina – falou em um tom mais formal.

- E você, por que quis ser médico? – ela prosseguiu, mostrando a mesma curiosidade sobre a atividade profissional do seu interlocutor.

– Sempre gostei dessa área. Creio que seja isso que o nosso povo mais precisa hoje em dia, Saúde e Educação.

A partir dali, já estavam conversando bem mais naturalmente e o nervosismo inicial de Pedro tinha se dissipado de seu rosto completamente.

– Pedro para prefeito. Vote nele! Desculpe pareceu discurso de político – novamente ela ironizou acidamente.

– Não é nada disso, mas realmente até pareceu um jargão típico bem assemelhado aos desgastados discursos políticos – reconheceu ele.

– Agora sério... Você gosta do que faz?

- Muito!

Sua resposta era sincera.

Desde o início da faculdade se apaixonara pela ortopedia. Era perfeccionista e as articulações ósseas milimetricamente criadas pela natureza, simplesmente o encantava.

Para ele, a recuperação de uma fratura podia se configurar como um interessante quebra-cabeça e quanto mais complexo o quadro, maior a sua motivação para restabelecer o padrão ósseo original.

Não havia uma pessoa que ao passar perto deles, não os olhasse. De fato, formavam um belo e animado casal.

Possivelmente os olhares tanto dos homens quanto das mulheres eram mais demorados para Acsa e suas expressões eram de fácil tradução: Os homens possivelmente ficavam encantados por sua beleza e as mulheres com certeza a olhavam por inveja.

Em determinado momento, ao se acomodar na cadeira de forma um pouco mais enviesada ela cruzou as pernas educadamente.

Provavelmente nesta posição ela conseguia visualizar melhor a entrada principal da praça de alimentação para enxergar a chegada da amiga que ela aguardava ali.

Nesta posição Pedro discretamente admirava suas pernas torneadas pelos deuses da dança até que o toque do celular dela interrompeu a conversa. Era sua amiga.

– Ah, infelizmente eu terei que ir – disse ao desligar.

Minha amiga simplesmente esta em outro shopping perto daqui. Ela me passou o nome errado.

- Que sorte a minha que ela errou e pude lhe conhecer – brincou Pedro.

– Qual é o shopping? Quem sabe eu possa ajudar.

Acsa titubeou. Pela primeira vez seu corpo transmitiu insegurança e seu olhar uma dúvida.

– Não! Obrigada.

- Por favor... Deixe eu lhe dar uma carona até lá... Assim eu fico mais um pouco com você... Adorei conhecê-la.

– Não! Obrigada – repetiu ela com um sorriso.

- Por favor... Afinal eu nem sei se vamos nos encontrar de novo – Pedro estava quase implorando.

- Ah! Isso é fácil... Qual é o número do seu telefone?

Enquanto Pedro dizia, ela digitava e ao terminar simplesmente ligou. O celular dele tocou e ela disse:

- Salve na memória... Quem sabe assim teremos chances de continuarmos essa conversa.

Já estavam de pé, quando ela lhe deu um beijo na face e foi embora, quase correndo. Seu caminhar apressado valorizava ainda mais as suas ancas e aquele bumbum perfeito.

Seu perfume ficou pairando no ar por alguns breves instantes quando ela se despediu, mas ficou impregnado na memória de Pedro pelo resto da noite.

Ao chegar à sua casa, ele jogou a carteira, as chaves e o celular em cima do rack e pegou a bíblia, ignorando o retrato de Vanessa.

Queria reencontrar Acsa em seus pensamentos, mesmo que fosse apenas um nome a ser descoberto, perdido no meio das folhas daquele livro sagrado.

Capítulo 4 – Cada amor tem seus segredos

Segredo é algo íntimo. É para se guardar consigo.
Já uma confidência se compartilha com um amigo.
Então, existe uma grande e sutil diferença,
entre contar um segredo e fazer uma confidência.

    Portanto, estou com uma séria dúvida,
    se devo, nessa altura de minha vida,
    confidenciar-lhe um segredo, ou apenas
    segredar-lhe uma simples confidência.

Pois, o valor de uma informação mais íntima,
apenas vale para quem a tem e confirma
que ela pesa diferente, nos corações envolvidos.

    Mas, enfim me rendo e lhe digo em seu ouvido:
    Se quiser contar algum dia, algum segredo,
    o confidencie apenas para si mesmo, sem medo.

    ("Como contar um segredo" - F.C. Barreto)

Ao despertar na manhã seguinte Pedro descobriu que a sua bíblia repousava ao seu lado sobre sua mesinha de cabeceira.

Santificado seja o nosso sono de cada noite e o despertar de cada dia, pensou consigo, enquanto recolocava o livro sobre o suporte em cima da estante.

Folheou tentando achar a página em que ele ficou aberto por tanto tempo e ao encontrá-la, repousou sua bíblia na mesma posição em que ela estava. Simetricamente no mesmo lugar onde se encontrava anteriormente.

Não conseguia esquecer o encontro do dia anterior quando conheceu a ousada Acsa. Não titubeou e ligou para ela, mas a ligação caiu na caixa postal, informando que o número discado estava desligado ou fora da área de cobertura da operadora.

Decidiu sair para dar uma volta pelo bairro e tentar mais tarde falar com ela.

Ao sair pelo portão quase esbarrou em Mariana que pela pressa com que andava, certamente estava atrasada.

- Desculpe Pedro, hoje eu me atrasei para o curso e quase o "atropelei" – disse com um sorriso rápido.

- Calma! Eu posso lhe dar uma carona?

- Não precisa – relutou Mariana, mas pela sua fisionomia titubeante, sua expressão facial demonstrou visivelmente que aquele oferecimento tinha sido providencial.

- Um minuto! Deixe-me pegar um capacete para você e lhe garanto que ainda chegara adiantada... De moto não existe trânsito que nos faça chegar atrasados.

- Mas, você estava saindo...

Ela ainda tentou ponderar, mas Pedro já estava subindo as escadas da varanda para buscar o capacete rosa que tanto fora usado por Vanessa, tempos atrás.

Mariana vestia uma calça jeans justa que torneava lindamente seus quadris e pernas e uma blusa florida com cores suaves, que deixava seus ombros expostos, porém bem menos liberal em relação ao decote que resguardava apenas para a imaginação dos observadores o que existia por baixo daquele pano florido.

Naquele colo lindo, pendia apenas um cordão fino dourado com um pequeno pingente em forma de gota que parecia querer cair no vale formado entre seus seios tão bem recobertos.

Ela subiu na garupa da moto, após colocar o capacete e abraçou a cintura de Pedro. Estava com a face distante poucos centímetros da sua nuca, porém o restante do corpo se mantinha grudado ao do seu destemido salvador daquele atraso.

Uma princesa galopando com um nobre cavaleiro, pensou consigo, enquanto suas ancas se mostravam bem mais acentuadas, vistas por quem seguia atrás deles.

Rapidamente chegaram.

De fato, Pedro cumprira a promessa de entregá-la pontualmente ao seu destino.

- Que horas você sai? – indagou.

- Por volta das cinco e meia da tarde – respondeu Mariana.

- Então eu lhe pego aqui nesse horário... Vou ao shopping resolver algumas coisas e na volta a levo para casa.

- Não precisa... Você já me fez um grande favor – relutou Mariana.

- Faço questão – Ele encerrou a conversa recolocando a moto em movimento em direção ao shopping.

Como ainda era cedo, pensou em ver um filme que ele há tempos queria assistir e que por coincidência estava passando em uma das salas de exibição do shopping.

Na volta pegaria Mariana e a deixaria em casa. Afinal, estava de férias, iria relaxar e ainda faria uma boa ação dando uma carona para ela depois, pensou.

Estacionou e se dirigiu para o cinema. Comprou o ingresso, pipoca e refrigerante e logo depois, já estava confortavelmente sentado na sua poltrona se deleitando com o filme.

Quase duas horas depois saiu da penumbra da sala de exibição para se reencontrar com o burburinho e cores dos corredores das lojas.

Ainda era cedo e resolveu tomar um café no lugar de sempre. Ao passar pelo quiosque de perfumes, se lembrou da promessa que havia feito no dia anterior para a vendedora Thais.

Entrou na loja e pediu:

- Quero um perfume para presentear uma linda flor que vi nascer e agora esta desabrochando para a maturidade – disse para a vendedora.

- Hum... vamos ver... Quantos anos tem essa linda princesa?

- Sei lá... Acho que uns dezessete ou dezoito no máximo – respondeu sem muita convicção.

Ela pegou três frascos diferentes na prateleira e mostrou para Pedro, explicando as características de cada um.

Após sentir o aroma de cada um, decidiu-se por um. A vendedora sorriu. Era ótimo atender homens, pois eles rapidamente se decidiam e compravam. Bem diferente das mulheres.

Com a pequena sacola na mão se despediu de Thais e se afastou lentamente, pensando na expressão de Mariana quando ele lhe desse aquele presente.

- Promessa cumprida – disse para a vendedora ao ir embora.

Degustou o mesmo tipo de café, sentado na mesma mesa do dia anterior. Realmente Pedro era muito metódico, quase maníaco quando se referia a repetir as mesmas preferências, coisas e lugares.

Quando algo de bom ocorria com ele em um determinado local, em geral, ele se esmerava em reproduzir tudo, exatamente da mesma forma e em todos os detalhes.

Ele achava consigo mesmo, que aquilo era uma superstição realmente esquisita, mas que lhe deixava muito bem.

Aliás, isso era algo que deixava Vanessa eventualmente desconfortável. Afinal ele agia como se tivesse algum problema mental ou psicológico mais sério. Tinha algum tipo de transtorno que o fazia seguir compulsivamente rotinas que se tornavam insuportáveis.

Certa vez, ela comentou sobre essas obsessões, principalmente em relação à forma como ele repetia as coisas, lugares e sua persistência em manter a simetria ou alinhamento dos objetos.

A reação agressiva de Pedro a surpreendeu e ele também se recusou terminantemente admitir que agia assim.

Apesar de ser médico, Vanessa sabia que ele antes de tudo era um ser humano como outro qualquer. Logo, acreditou que era razoável ele aceitar que também era suscetível a qualquer intempérie física ou mental que pudesse atingir qualquer um da sua própria espécie.

Ledo engano e a sua intempestiva reação comprovou isso para ela.

Ao terminar de tomar seu café pegou o celular e novamente ligou para Acsa e mais uma vez, a irritante voz da caixa postal informou que aquele número estava temporariamente indisponível.

Levantou-se. Já estava quase na hora de pegar Mariana na saída do curso. Pontualmente ele estava lá com um capacete rosa em uma mão e uma bolsinha da loja de perfume na outra, aguardando.

Para seu alívio ela que não tardou a surgir no portão.

Ficou um pouco sem graça, mas disse que adorou o presente, colocando-o dentro da mochila e agradeceu dando-lhe um beijo no rosto.

Subiu na garupa do mesmo jeito que viera se aconchegando no corpo dele e novamente em um piscar de olhos já estavam na porta da casa dela conversando quando seu irmão Bruno chegou.

- Boa noite Pedro... Cortejando a minha irmã? – brincou.

- Não! Estamos só botando as fofocas em dia – respondendo sorrindo.

- O que você vai fazer nesse final de semana?

- Bom... Por enquanto nada.

- O pessoal da pelada vai para o sítio do meu pai... Vão fazer um churrasco e também bater uma bola no campinho de lá... Você não quer ir com a gente?

Pedro conhecia bem aquele sítio. Fora lá que ele fizera amor com Vanessa pela primeira vez, graças a um biquíni oferecido pela filha do dono da casa.

Só aí, caiu a ficha.

Aquela menininha crescera e acabara de descer de sua garupa e o pai dela, apesar de ser bem velho que ele, ainda era seu colega de trabalho.

Logo, também era amigo de Vanessa e sabia de tudo que acontecera entre eles e, principalmente, como vivia cada um agora.

Afinal, no hospital todos sabiam da vida de todos, parecia uma cidade do interior. Além disso, Vanessa e Adriana já não escondiam mais de ninguém que estavam juntas.

Se aquela menininha era Mariana, logo seu biquíni caberia perfeitamente em Vanessa e atualmente não haveria nenhuma demora em experimentá-lo.

Pensou consigo que então devia agradecer tanto ao tempo quanto à Mariana, que os possibilitaram acharem o amor, no momento certo, mesmo que ele tenha durado tão pouco.

- Claro que vou! Afinal, eu estou de férias... e ainda faltam dois dias até o final de semana, assim dá tempo de resolver algumas pendências para eu ficar livre e despreocupado até o último dia desse meu merecido descanso – Pedro respondeu.

- Nesse clube de meninos, ainda aceitam a minha presença – brincou Mariana.

- Óbvio Maninha! Você sempre será a nossa mascote do time e, além disso, também é uma das donas do sítio do papai – respondeu Bruno com uma boa gargalhada.

Despediram-se e Pedro foi para casa, sem entender direito o motivo da sua súbita alegria.

Aquele final de semana demorou um pouco mais chegar. Ele estava ansioso sem saber a razão, mas enquanto isso fez compras, pagou contas, resolveu pendências e eventualmente tentou ligar para Acsa sem sucesso.

Chegaram bem cedo. Afinal a distância entre a casa e o sitio geralmente era vencida em uma hora no máximo. Assim jogaram bola por horas seguidas ainda pela manhã, até Pedro, extenuado, ir para a piscina descansar um pouco.

O futebol apagara momentaneamente de sua mente a imagem de Acsa e seu ímpeto em falar com ela.

Na espreguiçadeira deitada de bruços estava Mariana cochilando. Pela primeira vez, Pedro percebeu como seu corpo era perfeito. O biquíni cobria parte daquele belo bumbum empinado e arredondado.

A cintura fina acentuava as curvas dos quadris e suas costas desnudas expunham sua plástica perfeita, apenas contrastando com a fina tira de tecido que se enlaçava nas suas costas, sustentando a parte de cima do seu traje de banho.

Os seios amassados contra a espreguiçadeira era outro espetáculo à parte. Parecia que queriam fugir daquele receptáculo pelas laterais do biquíni, enquanto ela dormia distraída.

Realmente Mariana se tornara uma bela mulher. Pedro se sentou ao seu lado para descansar um pouco, admirando discretamente seu corpo.

Não tardou e ela despertou.

Ao vê-lo, virou-se de lado em sua direção e sorrindo perguntou como tinha sido o jogo.

Aquela posição valorizava ainda mais o lado do seu quadril que se projetava rumo ao céu. Era como um morro nascendo da espreguiçadeira, seguindo para cima, na direção contrária dos seios que, por sua vez, eram atraídos para baixo por causa da apaixonada força da gravidade.

Um contraste maravilhoso nas direções das curvas daquele lindo corpo.

- Como foi a "pelada"... Ganhou?
- Ganhei duas e perdi a última.

- Não sei como vocês aguentam jogar tantas partidas.

- Sinceramente... Nem eu... Estou morto, mas seu irmão ainda está lá, correndo... Acho que estou ficando velho.

Mariana soltou uma gargalhada que sacudiu graciosamente seus seios.

- Você ficando velho? Com essa idade e disposição, nunca – completou ainda rindo.

Continuaram conversando amenidades e relembrando algumas passagens do passado ocorridas com eles, contadas com humor e entrecortadas por risos até o início do anoitecer.

O mesmo clima de cumplicidade persistiu até mais tarde depois do jantar, com os dois sentados no chão, encostados na parede da cobertura da área próxima à beira da piscina. Conversavam olhando para o céu estrelado.

Pedro estava surpreendentemente fascinado e ela também demonstrava estar muito feliz em sua companhia. Até que Mariana indagou um pouco mais séria.

- Posso lhe fazer uma pergunta pessoal, mas você responde apenas se sentir à vontade.

- Claro!

- Por que vocês se separaram?

Um silêncio se fez e ela depois de uma breve pausa continuou.

- Vocês formavam um casal tão apaixonado... Tão completos... Sinceramente é difícil compreender como uma relação tão ardente como a de vocês, simplesmente virou pó.

Pedro nada dizia. Apenas a olhava profundamente nos olhos. Na verdade, ele próprio não tinha uma resposta convincente para si.

Até aquele momento, tantos meses depois, ele ainda não compreendia porque ao chegar a sua casa, encontrou-a vazia e um bilhete que simplesmente dizia:

"Pedro acabou. Não te amo mais e não suporto viver assim nessa mentira que essa relação se transformou. Em consideração aos bons momentos que tivemos respeite minha decisão e não me procure mais. Não insista, por favor. Adeus."

Como Mariana viu que ele não conseguia articular uma única palavra, como tivesse entrado em estado de choque, ela desferiu o golpe final.

- Desculpe, mas desde o primeiro dia em que eu vi, sem querer, vocês se amando, percebi que existia um furor interminável e uma enorme paixão exalando de vocês.

- Você nos viu? Conseguiu balbuciar.

- Perdão, mas naquele dia como vocês estavam demorando, eu fui ver o que estava acontecendo... Como a porta do meu quarto estava entreaberta, vi a forma intensa como vocês estavam se amando.

Deu uma curta pausa antes de prosseguir.

- Dava para perceber que existia algo bem mais forte, além do sexo, entre vocês.

- Ah! Meu Deus! Estou morto de vergonha! - sussurrou ele.

- Calma! Eu nunca contei isso para ninguém... Afinal, aquele ali era um momento só de vocês... Além, disso Vanessa demonstrou tanta entrega naquele momento... Ela realmente estava muito feliz.

Fez outra pausa, e complementou baixando os olhos.

- Confesso que até invejei um pouco aquela imensa felicidade que ela demonstrava... É por isso que não consigo entender essa separação - finalizou.

Pedro continuou calado. Estava lívido, suando e com os olhos marejados. Pensou em contar que Vanessa preferiu ir morar com uma amiga e que depois ele descobriu que elas estavam agora compartilhando a mesma cama, mas desistiu. Era muito humilhante.

Preferiu continuar em silêncio, mas seus olhos diziam muito.

Em sua cabeça ainda martelava a imagem de Vanessa beijando Adriana dentro do carro dela no estacionamento de um shopping. Ele reconheceu de longe o veículo parado em uma vaga e quando se aproximou, viu a cena que nunca mais esqueceu.

Foi assim que ele descobriu que ambas estavam juntas e que ele já havia sido substituído na vida íntima de Vanessa.

Não conseguia compreender as razões e seu orgulho masculino também não aceitava aquela troca, por esse motivo guardava tudo aquilo dolorosamente a sete chaves no fundo da sua alma.

Mariana segurou a mão de Pedro, acariciando-a, para que ele assim pudesse se sentir confortado, de alguma forma.

- Se algum dia quiser desabafar com uma amiga, pode contar comigo.

- Obrigado... Mas é muito difícil para um homem falar sobre o que ele sente quando descobre uma traição

- Entendo...

Ela simplesmente falou isso ao mesmo tempo em que o abraçou de lado. Logo depois puxou a cabeça de Pedro para que ela repousasse em seu colo, acariciando seus cabelos.

Nada mais falaram, afinal nada mais precisava ser explicado ou muito menos declarado nas horas que se seguiram. Ela já havia entendido tudo.

- Gente! Que tal irem dormir cada um na sua cama... Acho que é mais confortável – falou Bruno ao encontrar sua irmã dormindo sentada no chão com Pedro também adormecido deitado enviesado com a cabeça sobre suas coxas.

Despertaram assustados e depois riram do próprio susto, enquanto se dirigiam cada um para seu respectivo quarto.

O dia seguinte transcorreu com a mesma normalidade e rotina. Futebol, piscina, bate-papo e risadas até quase chegar a hora de irem embora.

- Pedro! Você bem que poderia me ajudar com algumas dúvidas de Biologia e Bioquímica?

- Claro! Quando você quiser – respondeu ele, antes de despedirem.

E assim um agradável final de semana chegou ao fim com cada um já na sua cama em suas respectivas casas e quartos, mas com os pensamentos ainda juntos, lá atrás no sítio.

Capítulo 5 – A escolha de cada momento

Erga a espada e sonhe, príncipe feudal,

que subjugas tua princesa fragilizada no cio.

Que és o único dono da agulha e do dedal

e que podes costurar a paixão, com teus fios.

Imagines que és dos sonhos, o posseiro,

senhor de todos os abraços e beijos

e do amor da princesa que em desespero,

se entregou entre os lençóis do próprio desejo.

Iluda-te, mercador da luz e dos falsos brilhantes,

pela conquista dos sonhos da terra prometida

e da tua musa roubada dos guerreiros distantes.

E ao abraçar e beijar tua odalisca mais bela

sejas feliz, amando-a mesmo sem nunca supor

que a verdadeira escolha quem fez... foi ela.

("A Verdadeira escolha" ´F.C. Barreto)

- Ah! Entendi! – Mariana falou com uma expressão de satisfação e prosseguiu para se certificar se realmente havia compreendido a explicação de Bioquímica:

- No começo do ciclo de Krebs uma molécula de acetilcoenzima A reage com uma de ácido oxalacético e forma uma de ácido cítrico e outra de coenzima A.

- Certo! – respondeu Pedro.

- Então lá no início do ciclo, o acetil ligado nessa coenzima, só serve para transformar o ácido oxalacético em ácido cítrico – ela completou.

- Isso! - bradou o entusiasmado professor.

Como explicador particular de Bioquímica ele estava se superando e, já naquela primeira semana, lá estava na casa de Mariana cumprindo rigorosamente a sua promessa.

Até o terceiro dia estudaram duas horas pela manhã e rapidamente ela entendeu as complexidades dos conteúdos, superando dúvidas em diversas áreas.

Pedro estava tão feliz e envolvido com o processo que durante a tarde, enquanto sua aluna ia para o curso ele ficava em casa, revendo e estudando os conteúdos e preparando as futuras explicações das aulas.

Naquele início de noite Pedro estava na cozinha preparando um pouco de macarrão para jantar, quando ouviu chamarem seu nome no portão.

Era Mariana.

Estava linda dentro daquele vestido estampado, com os cabelos soltos e com um pequeno embrulho na mão.

- Ola! Minha aluna predileta... Que bons ventos a trazem até aqui – brincou ao se aproximar do portão.

Vestia só um short sem camisa, afinal estava em casa, descontraído e não esperava nenhuma visita, muito menos dela.

- Desculpe... Estava fazendo um pouco de macarrão e na cozinha não dá para ouvir direito quando me chamam aqui no portão... Você estava me gritando há muito tempo? – perguntou enquanto abria o portão.

- Não! Chamei só duas vezes, até você aparecer.

- Que bom! Mas em que posso ser útil?

- Bem! Dessa vez sou que lhe trouxe um mimo para demonstrar minha gratidão pela sua ajuda em meus estudos, além da sua atenção e carinho comigo – disse estendendo a mão com o embrulho.

- Ah! Mariana! Não precisava se preocupar com isso... Esta sendo muito prazeroso estudar com você... Relembrar tantas coisas.

Pegou o pacote e abriu. Era uma camisa com uma estampa de uma motocicleta.

- Adorei! Como é que você sabia que eu estava precisando exatamente de uma dessas agora – brincou, colocando-a sobre o corpo cobrindo-o parcialmente.

Mariana deu uma gargalhada.

Ele lhe deu um beijo no rosto e obviamente por educação a convidou para entrar, contudo não esperava sinceramente que ela cruzasse aquele portão.

Porém ela entrou e caminhou para as escadas da varanda, sem titubear, desconcertando-o completamente.

Jurava para si mesmo, que ela recusaria o convite, daria uma desculpa e simplesmente iria embora. Mas, ela não fez o que para ele seria óbvio e entrou na sua casa, graciosamente.

Há muito tempo que Mariana não entrava lá. Podia contar nos dedos as raras vezes que seus pais visitaram a avó de Pedro, uma vizinha muito querida por todos.

Suas lembranças do interior daquela residência eram muito tênues, afinal, tanto ela quanto seu irmão ainda eram bem pequenos, naquela época.

Na verdade sua curiosidade havia sido muito aguçada nos últimos tempos devido à proximidade que estava tendo com ele e certamente foi isso a principal razão que a levou entrar sem pensar duas vezes.

Além disso, confiava plenamente naquele amigo e sentia-se muito segura com ele em qualquer lugar.

Caminhou pela sala, elogiando a decoração e observando os detalhes, sendo seguida discretamente por Pedro, que logo correu para a cozinha.

- Desculpe, estava preparando o molho – justificou para se dirigir para lá, sendo acompanhado por Mariana.

- Sua casa é linda, Pedro.

- Obrigado! Você gosta de macarrão a bolonhesa? Estou acabando de preparar a carne moída para fazer o molho.

- Hum! O que mais vai ter nesse molho?

- Bem! Eu reproduzo a receita da vovó com molho de tomate, alho, cebola e champignon picados, um pouco de molho inglês e algumas folhas de manjericão picadas.

- Meu Deus! Meu professor também é um verdadeiro "Chef"... Deve ficar uma delícia – falou passando a língua nos lábios com aquela expressão de quem acabara de degustar uma comida deliciosa.

- Bom! Você é minha convidada e se me der à honra de jantar comigo pode dar seu veredito final depois. Aceita?

- Claro! Você acha que eu vou perder essa oportunidade... O que posso fazer para ajudá-lo?

- Ficar sentada aí, para aprender – ele disse junto com uma gargalhada.

Realmente o macarrão ficara maravilhoso, apesar de simples, algum ingrediente secreto e invisível do ambiente havia sido introduzido naquele tempero sem que eles percebessem.

A conversa fluía naturalmente até que Mariana segurou na mão de Pedro, acariciando-a, enquanto ele falava, divagando sobre as diferenças de comportamentos na sociedade entre homens e mulheres.

Em um primeiro momento, pensou em recolher a mão instintivamente, mas não o fez. Estava começando a gostar daquele possível jogo de sedução, caso aquele comportamento de Mariana tivesse esse objetivo.

Mas, se estivesse enganado e ela apenas estava demonstrando um carinho fraternal e desinteressado? Neste caso, tirar a mão seria um ato grosseiro.

Meu Deus! Que dúvida.

- Sabe Mariana... Eu gosto muito de você e a última coisa que quero é ser mal interpretado, perder sua amizade ou decepcioná-la – ensaiou uma introdução para tirar aquela dúvida.

- Eu sei... Também gosto muito de você e não quero nunca perder sua amizade – enquanto ela falava, foi se aproximando lentamente do rosto dele.

- Pedro preciso lhe confessar uma coisa... Sou apaixonada por você, desde que me entendo por gente, mas sempre guardei a sete chaves esse sentimento em segredo.

Seu rosto estava quase colado ao dele, enquanto falava:

- Você não sabe como eu chorei e sofri quando surpreendi você e Vanessa se amando... No meu quarto... Na minha cama... Mas, depois aceitei, afinal eu era uma pirralha com quase quinze anos e ela uma mulher adulta... Até que você ressurgiu agora na minha vida.

Seus lábios já roçavam os de Pedro, quando sussurrou:

- Eu te amo! Eu quero ser tua!

A ousadia daquela declaração causou em efeito paralisante nele. Nunca esperaria ouvir aquilo, assim, de forma tão direta.

Seu coração acelerou tanto que ele já não conseguiu mais se conter ou pensar nas consequências, beijando aqueles lábios sedentos e ainda salgados pelo molho e com o suave odor de manjericão.

Suas línguas enlouquecidas se entrelaçavam ao mesmo tempo em que as mãos se buscavam com mútua sofreguidão, enquanto se erguiam da mesa.

Pedro a contornou se posicionando de frente para ela, persistindo naquele beijo lascivo, comprimindo seus seios ainda resguardados pelo vestido contra seu tórax.

Abriu o zíper até em baixo, até sentir o fino elástico da calcinha sobre o início de suas nádegas. Acariciou demoradamente aquelas costas macias e desnudas, até desabotoar seu soutien liberando dois mamilos que insistiam em se projetarem contra seu corpo.

Seu pênis estava tão duro que vincava o tecido do short forçando um contato mais íntimo na região ainda protegida pela calcinha.

Pedro a beijava com uma volúpia crescente enquanto suas mãos massageavam seus seios, pescoço, costas, barriga até que chegaram às suas coxas e pernas.

Os beijos também desceram até os mamilos que se mantinham rígidos e desafiadores e prosseguiram até a vulva que aquela altura já encharcara todo o forro da calcinha que foi abaixada com extrema delicadeza.

Para surpresa dela mesma, mesmo sendo a primeira vez que um homem fazia aquilo, ela não fez nenhum gesto para impedi-lo, pelo contrário era como se aquele ato fosse a coisa mais natural da sua vida.

Os dedos de Pedro seguraram as laterais da calcinha e a puxaram para baixo, primeiro descobrindo os pelos, depois os quadris até que ela se afastou da borda da mesa, para facilitar a retirada.

A respiração de Mariana se acelerou e ela não mais se conteve passando a gemer com as carícias que ele fazia com a língua em sua virilha.

Estava completamente nua com um homem ajoelhado aos seus pés beijando suas pernas, joelhos, coxas e virilha.

Pouco a pouco ele foi afastando uma perna da outra e com todo carinho começou a lamber as laterais internas até chegar aos lábios vaginais, fazendo-a estremecer.

Em certo momento abriu mais suas pernas e alcançou o clitóris, afundando sua cabeça cada vez mais naqueles pelos pubianos para delírio de Mariana.

Aquela boca ardente em intimo contato com todos os seus lábios estava enlouquecendo-a até que em determinado momento, quando aquela língua ousada ao passear por todo vale de sua vulva, tentou penetrar no seu orifício vaginal, ela sussurrou em pleno êxtase:

- Amor, devagar... É minha primeira vez.

Pedro ficou estático. Foi como tivesse tomado um choque de um milhão de volts. Um cenário surreal, ele ajoelhado de frente para aquela gruta virginal e ela, totalmente nua com as pernas semiabertas, olhando para baixo, incrédula.

- Sinto muito... Não posso – disse Pedro se levantando e virando de costas para ela.

- O que houve? Indagou Mariana, enquanto se recompunha.

- Não... Eu não estava preparado para isso.

- Ah? – Mariana fez uma expressão facial de desapontamento que açoitou novamente e desta vez, definitivamente o resto de desejo e rigidez que ainda sobrevivia sob o short dele.

O que ele esperava encontrar? Indagou para si mesma, ainda muito confusa com aquela situação.

Aquela inesperada rejeição nunca fizera parte de suas fantasias, quando se imaginava entregando-se ao seu príncipe encantado.

Com os olhos marejados, sentiu uma súbita vergonha ao pegar sua calcinha no chão para vesti-la. Ajeitou o vestido e pediu para ele levantar o zíper nas suas costas.

O silêncio era assustador quando lhe deu um beijo na face e caminhou para a porta. Naquele beijo estava explícito seu pedido para esquecerem tudo que havia acontecido ali.

- Boa noite Pedro... O jantar estava ótimo – falou altiva ao chegar à porta.

- Mariana, calma... vamos conversar... eu posso explicar.

- Boa noite Pedro, não tente explicar nada, por favor – e assim ela encerrou firmemente a conversa e foi embora.

Aquela noite custou a passar para os dois. Mariana chorando em silêncio abraçada ao seu travesseiro enquanto Pedro estático simplesmente olhava para o teto do quarto.

Da mesma forma, o dia seguinte se arrastou para ambos, até chegar o final da tarde.

Pontualmente na saída do curso, lá estava ele com um buquê imenso de rosas nos braços, aguardando-a.

Mariana se surpreendeu ao vê-lo, mas seu sorriso escancarado ao perceber as flores, traduziu plenamente que ela já havia superado o ocorrido na noite anterior.

Após receber as rosas, deu um beijo rápido do tipo "selinho", abraçando-o com um esfuziante agradecimento.

- São lindas! Obrigada!

Aquele beijinho tão naturalmente dado nos lábios de Pedro, ao invés do clássico que sempre era dado nas faces do amigo, confirmou que ele, possivelmente, já estava perdoado por tê-la rejeitado.

- Hoje eu passei a tarde preparando um jantar muito especial para uma pessoa muito interessante que ressurgiu como um furacão na minha vida – disse ele, com um sorriso malicioso.

- Esse furacão tem nome? Perguntou ela, também de forma bem sedutora.

- Mariana! – ele respondeu simplesmente, antes de beijá-la.

Ao chegarem ao bairro em que moravam, ela pediu para Pedro a deixar perto da sua casa, pois precisava deixar sua mochila, trocar de roupa e avisar sua mãe que iria sair.

Assim ele fez e foi para sua casa esperá-la. Deixou o portão entreaberto e entrou para checar pela milésima vez se tudo estava em ordem na mesa que ele preparara com tanto afinco.

Os lindos pratos e os talheres herdados da sua avó, assim como os guardanapos que combinavam com a toalha e que estavam guardados há anos, agora estavam ali.

Todos brilhantes e rigorosamente limpos junto com os copos, taças e flores, milimetricamente colocadas no vaso e novamente checadas.

Acendeu as velas, ligou o som, escolheu uma sequencia de músicas românticas e sentou-se para aguardá-la.

Aquela espera parecia infindável. Será que ela desistira ao se lembrar do dia anterior? Pensava insistentemente, enquanto seu coração pulsava com uma sofreguidão indescritível.

Quando ouviu sua voz suave, emanando da varanda, chamando-o, sua pulsação se acelerou ainda mais.

- Pode entrar - simplesmente falou, ficando de pé.

Mariana surgiu na porta mais linda ainda, naquele vestido azul claro, um pouco acima dos joelhos. Ela parecia a extensão de um céu de verão, emoldurado pelo seu sorriso.

- Pedro! Que mesa linda! – conseguiu exclamar após levar as duas mãos à boca, para disfarçar seu encantamento.

- Por favor, fique à vontade. Você hoje é minha convidada real – disse ao se encaminhar para ela estendendo a mão em sua direção.

Ela retribuiu o gesto e Pedro fazendo uma reverência se colocou de joelho e beijou o dorso daquela mão tão delicada, pequena e com unhas tão cuidadosamente pintadas de vermelho.

- Seja bem vinda à minha humilde morada minha amada princesa.

A palavra "amada" soou tão profundamente que os olhos de Mariana marejaram e ela não se conteve, levou as mãos às faces dele, trazendo-as em sua direção e o beijou suavemente, com sua língua passeando por aqueles lábios, agora tão adocicados.

Ele a conduziu até a mesa, puxou a cadeira para ela se sentar e rapidamente foi para a cozinha para começar a servir o jantar.

- Como entrada, tomate recheado com bacon, rúcula e maionese... Espero que goste – disse ao voltar com uma pequena assadeira, enquanto a servia.

- Delicioso! Essa receita é sua? Mariana perguntou após provar,

- Não vou mentir para você... Foi extraída de um dos inúmeros tesouros que herdei da minha avó, seu livro de receitas, totalmente escrito à mão por ela.

- O recheio desses tomates que foram levemente assados, levaram bacon picado, azeite, maionese, orégano, uma pitada de açúcar e de sal e essa folha decorativa é rúcula – descreveu minuciosamente.

- Simplesmente maravilhoso! Adorei descobrir esse seu lado "Chef" – respondeu Mariana, visivelmente emocionada.

- Para beber, posso oferecer refrigerante ou vinho, mesmo correndo o risco de ser processado por oferecer bebida alcoólica para uma pessoa menor de idade – ofereceu com ironia.

- Aceito uma taça de vinho!

- Que assim seja – e foi rapidamente buscar a bebida.

Abriu a garrafa, encheu duas taças e propôs um brinde:

- Aos reinícios e às redescobertas!

- Ao início desta e de muitas outras descobertas! Ela corrigiu com um sorriso.

Continuaram a conversar, até que ele perguntou se podia trazer o prato principal. Ela aquiesceu com a cabeça e ele foi buscar, anunciando pomposamente:

- Frango xadrez à "la vovó".

Serviram-se e mais uma vez ela não poupou elogios.

- O tempero do frango esta divino! O que tem nele, além de amor? - perguntou Mariana com ousada malícia.

- Bom! Eu só usei mostarda, páprica, shoyu e um pouco de suco de limão deixando por duas horas para o frango pegar esse sabor... Depois só refoguei no azeite até dourar, juntei cebola, alho, pimentão, brócolis um pouco de água e deixei no fogo brando até eles ficarem com esse aspecto – novamente descreveu minuciosamente todos os passos.

- E esse amendoim e a cebolinha? Ela perguntou?

- Ah! Eu só os coloquei agora, por cima, um pouco antes de servir.

- Tudo está simplesmente delicioso... Você realmente me surpreendeu – ela falou exultante, enquanto estendia a taça para ele a encher novamente.

- Como sobremesa... Que tal sorvete de flocos com cobertura de chocolate, aceita?

- Acho que vou declinar, por enquanto... Quem sabe um pouco mais tarde – respondeu.

Estava realmente satisfeita, não só saciara seu estômago, como também seu amor próprio e sua autoestima haviam sido carinhosamente inflados por ele.

Continuaram conversando, até que a garrafa de vinho secou.

- Que horas você disse para a sua mãe que retornaria?

- Só amanhã... Falei que iria estudar e dormir na casa de uma amiga... Como eu já liguei para essa colega e pedi que ela confirmasse caso minha mãe ou alguém me procurasse... Acho que vou ter que dormir essa noite por aqui – falou com malicia, enquanto passava o dedo pela borda da taça vazia.

- Posso me ajeitar no sofá... Em um cantinho qualquer...

Ela ironizava quando Pedro a interrompeu com um beijo.

- Você tem certeza que quer ser minha? Ele perguntou quase suplicando por uma resposta positiva.

- É tudo o que mais quero – ela balbuciou entre os beijos que se seguiram.

Pedro a pegou em seus braços e a levou no colo para o quarto, caindo ambos sobre a cama, que estava impecavelmente arrumada.

Desta vez rapidamente o vestido dela foi retirado por Pedro, assim como sua própria camisa e a calça. Curiosamente, Mariana já não se sentia envergonhada, estando somente de calcinha e soutien na cama com ele.

Parecia que aquele momento já fazia parte de seu cotidiano e que aquele homem ali, a devorando com os olhos sedentos, era apenas uma extensão de sua própria alma e desejo.

Seu coração batia acelerado, mas não era de pudor ou vergonha e sim, uma apreensão natural de quem sabia que em minutos se transformaria em uma mulher, completa e plena.

As mãos dele percorriam todo seu corpo, explorando seus segredos e alcançando lugares que até aquele dia, apenas ela havia tocado.

Ele a virou de bruços e sentado sobre suas nádegas, desabotoou seu soutien. Os beijos em sua nuca a faziam suspirar, enquanto sentia a rigidez daquele pênis se encaixando e roçando sobre a calcinha, pelo rego de seu bumbum.

Os beijos desceram pela linha demarcada pela sua coluna vertebral e ao chegar ao início do vale que dividia aqueles dois lindos montes, mordiscou uma de suas nádegas.

Isso a fez dar um gritinho e se virar sorrindo, colocando sua vulva, ainda recoberta por um ínfimo tecido umedecido, quase alguns milímetros da boca de Pedro.

Ele não se fez de rogado e encostou o nariz naquele vão sagrado, se inebriando com aquele odor feminino, ao mesmo tempo, em que suas mãos puxavam as laterais para baixo daquela calcinha que inconvenientemente ainda o separava do paraíso.

Ela ergueu os quadris para facilitar a retirada, encostando de vez nos lábios dele, uma gruta recoberta de pelos sedosos.

O beijo que seu clitóris recebeu, em seguida, a levou aos céus. Rapidamente seus lábios vaginais retribuíram, liberando os sumos de seus desejos que se misturavam à saliva que também escorria pelos lábios ofegantes de Pedro.

O corpo de Mariana se contorcia, seu ventre trepidava até que ele notou que ela estava quase gozando e parou.

Subiu seu corpo um pouco para cima e segurando o próprio pênis esfregou-o naquele vale, de baixo para cima por várias vezes e bem devagar.

Ela já estava enlouquecida quando o sentiu encaixar-se bem na entrada daquela sua porta que se abria para um paraíso ainda desconhecido, mas já tão desejado por Pedro.

- Você tem certeza que quer ser minha? Ele ainda sussurrou ao seu ouvido, antes de penetrá-la.

- Eu te amo! – foi a única resposta que ela conseguiu elaborar, antes da sequência de gemidos que se seguiu, nos minutos seguintes.

Pedro a penetrou lentamente e após ínfimas pausas que duravam frações de segundos, prosseguia, se aprofundando aos poucos.

Assim foi sentindo, aquelas paredes paradisíacas cederem, cada vez mais, em cada investida.

A fisionomia de Mariana transparecia um misto de prazer com um suportável desconforto que algumas vezes sugeria um pouco de dor. Contudo, o corpo dela não identificava aquela nova sensação como algo apenas doloroso.

Com o tempo, essa sensação foi sendo superada pela excitação provocada pelo suave vai e vem de Pedro dentro dela.

Ele colocava cada vez mais até que entrou completamente e pelo uivo que Mariana soltou parecia que praticamente ele havia alcançando seu útero. Um limite nunca tocado por ninguém.

Ela era uma loba no cio uivando para uma lua invisível que percorria o teto do quarto, enquanto milhares de estrelas jaziam em seu próprio ventre em plena convulsão.

Quando Pedro anunciou que iria gozar, pois não estava mais aguentando, Mariana também já não sabia mais o que estava sentindo, se era o início de um tipo de orgasmo que ainda desconhecia ou apenas um prazer incontrolável. Mas, de qualquer forma, abraçou as costas dele, marcando-a com suas unhas vermelhas e simplesmente se deixou convulsionar.

Foi uma sensação maravilhosa que apesar de durar poucos segundos, pareceu remetê-los para um universo no qual o tempo parara.

Quando terminaram, ele quase desfalecido, mas, ainda dentro dela, beijou-a com carinho e apaixonadamente. A dor da penetração não chegara nem perto do prazer que ela sentira naqueles minutos finais.

Pedro não tinha forças para se erguer e ficou apoiando sua barriga sobre o ventre dela até que seu pênis também desfalecido, mas ainda pulsando, saiu.

Trouxe com ele um rio branco misturado com filetes de sangue que marcaram o lençol e também o início de uma nova fase na vida daquela nova mulher.

Capítulo 6 – Descobertas encobertas

Hoje descobri brilhos maravilhosos
nos teus olhos castanhos melados.
Duas pérolas luzentes e eu encantado,
fascinado pelo teu olhar misterioso.

Hoje ouvi os acordes da linda melodia
que teus olhos como arcanjos emanam
e todos os meus delírios neles desandam
e com certeza abrem e fecham o meu dia.

Hoje percebi teu olhar mais amoroso,
exalando todo o aroma de tua ternura
a perfumar minha paixão, minha loucura.

E nesse momento hipnótico e maravilhoso
divisei um rasgo de luz em minha vida
e no teu olhar, descobri teus olhos... querida.

("Descoberta" - F.C. Barreto)

Mariana despertou com Pedro sentado na cama ao seu lado com uma bandeja nas mãos. Era o melhor desjejum que ela já vira em sua vida, exatamente pela simplicidade e poucas opções que contrastavam com imenso carinho emanado dos olhos dele.

- Bom dia! Dormiu bem?– Pedro falou com uma doçura incomum.

- Bom dia, meu amor! - ela respondeu se espreguiçando, quando então percebeu que ainda estava totalmente nua.

- Foi a melhor noite da minha vida – complementou ao sentar-se encostada na cabeceira da cama para tomar seu café, que Pedro tão gentilmente oferecia.

Puxou desajeitadamente a coberta, mas não conseguiu se cobrir totalmente deixando ainda parte de seu corpo à mostra. Mas, sua nudez perante seu amado, de fato não a incomodava.

Em um primeiro momento, sentiu um leve desconforto ao se sentar, mas, rapidamente achou uma posição mais adequada. Afinal, aquela noite fora intensa, pois, Pedro ainda a procurara por mais duas vezes. Parecia insaciável.

Na última vez, quase não suportou, mas permitiu que ele fosse até o final, encharcando-a com seu apaixonado sêmen. Afinal, era tão gostosa a sensação de vê-lo ter prazer que a visão de seu gozo até superava a ardência que agora ela sentia a cada penetração.

Curiosamente, a famigerada dor do defloramento não foi percebida tão claramente na primeira vez, e sim, na segunda e principalmente na terceira.

Graças a Deus que Pedro desmaiou depois desta última, pois certamente uma quarta investida ela não toparia, mesmo louca por ele.

Tomou seu café, sendo acariciada por Pedro, enquanto conversavam banalidades. Quando acabou, se levantou e se dirigiu para o banheiro, com a nítida intenção de tomar um banho. Ao passar por ele, com suas roupas na mão, foi enlaçada pela cintura e beijada na nuca, e ao se virar, sentiu que ele estava excitado e aquela rigidez mais uma vez pressionava a sua vulva.

- Amor, desculpe! Mas eu estou toda dolorida... Além disso, eu preciso tomar um banho e ir para casa, antes que minha mãe comece a se preocupar com a minha demora – Mariana falou se afastando delicadamente dele.

- Está certo! Pedro respondeu sem disfarçar muito bem o seu desapontamento.

Ela foi para o banheiro, fechando a porta atrás de si. Mesmo estando nua, demonstrou ao trancar a porta que queria privacidade naquele momento.

Curiosamente, ao ouvir o trinco do banheiro sendo fechado, Pedro relembrou de algumas brigas que tivera com Vanessa, quando ela o acusava exatamente de não ter privacidade e dele só pensar ou querer fazer sexo.

Porém, ela estava errada, pensou consigo. Afinal, desde que separara nunca mais tinha dormido com ninguém, até aquela noite.

Certamente aquele longo jejum aliado à beleza e ao frescor de Mariana foi o que resultara naquele impulso matinal, pensou consigo, mesmo depois de uma noite tão rica de sexo.

Ao sair do banheiro ela já estava arrumada e mais linda ainda. A luz natural realçava fortemente aquela linda composição de roupa com seu corpo e rosto sorridente. Era como seu semblante gritasse aos quatro ventos que ali estava uma nova mulher, plena e feliz.

- Você me pega na saída do curso? Perguntou ao se despedir, depois de beijá-lo,

- Claro!

Pedro trocou o lençol, colocando um limpo, rigorosamente estendido e milimetricamente ajustado às bordas da cama. Pegou o que havia substituído e o levou ao rosto. O cheiro de Mariana ainda estava nele, assim como todas as marcas daquela noite de amor e da transformação dela em mulher.

Os resíduos de sua virgindade estavam ali, salpicados pelo tecido branco, "gritando" que ele estava tendo uma nova chance de ser feliz com uma mulher maravilhosa e que poderia ser apenas sua, pelo resto de sua vida.

Dependia dele. Afinal seu coração batia forte quando pensava em Mariana, mas aquela paixão havia chegado nele muito rápida, quase como um furacão por isso ele ainda estava atônito.

Dobrou cuidadosamente o lençol usado, o colocou em um saco plástico, guardando-o no fundo de uma gaveta do armário, como se fosse um tesouro.

Na verdade era mais que isso. Ele era a marca viva da oportunidade que o destino lhe dera.

Começou a rever mentalmente as últimas divergências que soterraram seu último relacionamento. Será que Vanessa tinha razão quando dizia que ele parecia mais um estranho do que um companheiro? Que não mais se interessava pelas suas opiniões, pelos seus sonhos? Que só a queria ou a procurava para fazer sexo? Que era egoísta, egocêntrico, com manias estranhas e esquisitices que sugeriam urgentemente a ajuda profissional de um terapeuta?

Pela primeira vez as palavras de Vanessa realmente ecoavam em seu íntimo. No auge das discussões ele simplesmente achava um absurdo suas colocações, mas agora, já até começara a questionar suas pertinências.

O que uma nova paixão arrebatadora não faz na cabeça de um homem, pensou consigo, soltando uma gargalhada.

Outra preocupação que lhe rondava a cabeça era a diferença de idade. Ele e Mariana transitavam em gerações distintas, com interesses e motivações bem diferentes. Será que os pais dela o aceitariam? E seu amigo Bruno entenderia?

Céus! Estava pensando como já estivesse pedindo a mão de Mariana em casamento, na frente de toda a família reunida com armas em punho apontando para ele. Riu de si mesmo.

Passou o resto do dia pensando nela.

Ao final da tarde, lá estava pontualmente na porta do curso, esperando-a.

Desta vez, tinha nas mãos uma caixa de bombons. Quando entregou para ela, após receber um beijo, teve que ouvir sua piada:

- Você quer me deixar gorda para que ninguém mais se interesse por mim ou para você me largar quando eu virar uma bolinha?

- Nem uma coisa, nem outra – ele respondeu dando-lhe outro beijo.

- Adorei! Vamos!

Mais uma vez, ao chegarem ao bairro em que moravam, ela pediu para Pedro a deixar cerca de dois quarteirões da sua casa.

- Por quê? Ele perguntou.

- Ainda é cedo para eu ter que responder interrogatórios sobre nós.

- Você não acha que devemos falar com seus pais ou com o Bruno?

- Calma meu amor! Estamos apenas no primeiro dia de muitos... Assim espero... Então, eu prefiro preparar o terreno.

- Você acha que seus pais vão se opôr porque eu sou bem mais velho?

- Não sei ainda... Calma... Preciso sondar... Não se esqueça de que para eles eu sempre serei uma menininha.

Pedro se calou. Ela estava coberta de razão.

- Vai jantar comigo hoje de novo? Resolveu mudar de assunto, indo para uma área menos tensa e que também mais lhe agradava.

- Não! Hoje não... Não posso dar a mesma desculpa todos os dias para minha mãe... Eu preciso estudar... Aliás, já tenho mais dúvidas para tirar com você, não quer passar lá em casa amanhã?

- Claro!

E assim se despediram, discretamente e ela se foi, balançando inocentemente suas ancas a cada passada para deleite de Pedro, que ficou imaginando todas as suas formas por baixo daquele jeans.

Ele entrou em casa e como sempre, repetiu o mesmo ritual, depositando a carteira, as chaves e o celular em cima do rack.

Desta vez, ao olhar para o retrato de Vanessa, sorriu com uma expressão de desdém, como estivesse saboreando uma doce vingança.

Ela ali, naquela foto, vendo-o feliz, amando e sendo amado por uma ninfeta, muito mais jovem que ela. Gargalhou longamente, sentia-se duplamente vingado. Primeiro por causa do amor e depois por causa da idade de sua nova amada.

Para qualquer mulher, ser trocada por outra mais jovem é um golpe mortal em sua autoestima, pensou consigo, enquanto conversava silenciosamente com o porta-retratos.

A noite foi longa para ele. Estava radiante e ao mesmo tempo preocupado, pois sentiu que estava realmente se apaixonando.

Como aquilo tudo aconteceu tão rápido, se perguntava sem obter resposta. Era um homem muito racional que nunca acreditara em paixões fulminantes, mas agora estava ali, vivendo um conto de fadas típico dos românticos e abobalhados. Sim! Estava abobalhado por Mariana.

De manhã, quando já estava saindo para ir para a casa de Mariana, seu celular tocou. Olhou na tela do aparelho e identificou quem estava do outro lado da linha. Era Acsa.

Teve dúvidas, mas resolveu atender.

- Alô!

- Alô! Pedro... é Acsa!

- Oi! Como você está? Tentei falar com você várias vezes, mas seu telefone estava desligado ou fora de área.

- Desligado nada! Estava quebrado! Só agora que eu consegui comprar outro.

- Ah! - ele balbuciou desapontado, certamente preferia ouvir qualquer coisa menos desculpável, para assim encerrar a ligação com um corte bem ríspido, demonstrando sua decepção pelo descaso dela para com ele.

Mas, não foi isso que aconteceu, pelo contrário:

- Você é a segunda pessoa que estou ligando, a primeira foi a empresa operadora do celular – Acsa falou gargalhando e prosseguiu:

- Tenho mais umas vinte pessoas para ligar e explicar que eu não estava fora da área de cobertura e sim, sem aparelho.

- Uh! – Pedro continuou monossilábico.

- Sabe o que é... Hoje vai ter um ensaio geral de um show que farei com algumas das minhas alunas, lá na academia onde eu dou aula e pensei em te convidar... Topa?... Anota o endereço.

Ela não dava uma pausa em sua fala. Não dava nenhuma trégua para ele pensar ou articular uma saída.

- Posso falar? Anota aí!

Acsa continuou repetindo.

- Pode dizer... Eu tenho um aplicativo de gravação de telefonemas... Pronto! Liguei! Fala onde te vejo.

Ela disse o endereço e o horário pausadamente e encerrou:

- Um beijo... Estou louca para te ver... Não vai me dar "bolo" ou me trocar por alguma menininha que de repente aparecer por aí retocando batom, ouviu?

- Ta ok! Pedro respondeu e desligou, rindo. Ele imediatamente entendera a piada, afinal ela se referia ao modo como se conheceram no shopping e seu desconcerto ao ser flagrado observando-a disfarçadamente pelo espelho.

Essa mulher fala muito e não dá tempo nem da gente respirar, pensou, enquanto fechava a porta e seguia rumo à casa de Mariana.

Estudaram por quase duas horas seguidas, de forma bem descontraída na sala. De vez em quando, dona Joana, a mãe de Mariana interrompia oferecendo sucos e biscoitos.

Apesar da presença materna ostensiva, Pedro percebeu que ela não fazia a menor ideia que estava diante de um casal de pombinhos apaixonados.

Eles riam, falavam, escreviam, mas não demonstravam nada mais ousado ou malicioso. Quando finalmente tiveram um pequeno momento de privacidade Pedro roubou um beijo e indagou quando poderiam sair ou dormir novamente juntos.

- Sábado... Eu digo que vou dormir na casa de uma amiga, combino com ela, e aí podemos sair despreocupados e depois...

Ele adorou o final da frase.

- Mas, você vai me pegar hoje no curso? Certo?

- Claro! Todos os dias da minha vida.

Um pouco depois, Pedro foi embora como se flutuasse em nuvens. Afinal Mariana precisava se arrumar, almoçar e ir para o curso. Enquanto isso ele precisava ir para casa, sonhar com o sábado.

Estava caminhando pela calçada a caminho de casa, quando cruzou com Bruno.

- Olá! Pedro!

- Oi, Bruno!

- Aproveitei uma folga e vim almoçar em casa.

- Legal! A comida da mamãe sempre é melhor.

- Com certeza... Vira e mexe, o estômago da gente "dança" com essas comidas de ruas.

A palavra "dança" deu um lampejo em Pedro.

- Por falar em dança... O que você vai fazer hoje à noite?

- Por quê? Vai me chamar para dançar com você? Sinto muito, mas você não faz muito o meu tipo – galhofou Bruno.

- Deixa de palhaçada... É que uma conhecida minha, me chamou para ir assistir um ensaio de um show que ela fará com algumas amigas... Vai ser lá na academia de dança em que ela dá aula e eu não estou muito a fim de ir, mas se você for com o amigo, quem sabe eu me animo.

A palavra "amigas" dita no plural acendeu um súbito interesse em Bruno.

- Essa sua "conhecida" tem muitas amigas bonitas nesse elenco?

- Não sei... Mas geralmente bailarinas de shows são muito atraentes – Pedro alfinetou.

- Legal! Vou lá segurar a vela para você.

- Não... Essa minha conhecida não é nada minha, não... Eu a conheci recentemente no shopping e, apesar de ser muito bonita, não tem nada entre a gente... Ela é meio doida... Você vai ver.

- Está combinado! - finalizou Bruno apertando a mão do amigo, após acertarem o horário que se encontrariam na praça para irem ao ensaio.

Pedro de uma tacada só saciaria sua curiosidade em ver Acsa dançando e também conseguiu uma testemunha inquestionável para depor ao seu favor, caso futuramente fosse necessário provar sua fidelidade naquele evento.

Realmente ficara muito curioso em ver as habilidades corporais daquela mulher tão sagaz com as palavras.

Alguma coisa lhe dizia que a propaganda não condizia com a verdade e possivelmente ela não era tão boa assim como dançarina. Precisava pagar para ver.

Assim ele colocou Bruno no seu "júri particular" e, além disso, aquela era uma boa oportunidade para começar a sondá-lo em relação à sua irmã.

Na hora marcada se encontraram e seguiram para o endereço da academia. Logo que entraram se depararam com imenso salão e Acsa os viu.

Imediatamente ela veio ao encontro de Pedro que após cumprimentá-la com um beijo na face a apresentou para Bruno.

Ela estava com um saiote com três camadas de babados vermelhos, sobre um collant branco que combinava com as sapatilhas.

Na cabeça um arco também vermelho, possivelmente fazia parte do figurino e modelava graciosamente seus cabelos, levando-os para trás.

Na parte final do salão várias cadeiras enfileiradas improvisavam uma plateia que provavelmente comportariam uns vinte ou trinta espectadores.

Acsa indicou o local e falou para eles ficarem à vontade, já que o ensaio deveria começar em dez ou quinze minutos e ela ainda precisava verificar uns detalhes finais.

Sentaram-se, enquanto o vai e vem de bailarinos continuava.

- E aí? Você realmente não tem nada com esse monumento de mulher – Bruno indagou marotamente.

Pedro logo percebeu que ele se interessara por Acsa. Isso era um bom sinal e lhe dava abertura para começar a sondá-lo.

- Nada... Aliás, vou lhe confessar uma coisa... Estou apaixonado por uma menina maravilhosa e não quero mais saber de mulher nenhuma.

- Sério!

- É a mulher da minha vida... Estou louco por ela.

- Meu Deus! Daqui a pouco você vai falar que vai até casar?

- Com certeza! Pode acreditar que com essa eu vou casar.

- Quem é essa deusa? Quando vou conhecê-la?

- Quem sabe em breve! – Profetizou, encerrando a conversa, pois o ensaio geral estava começando.

A coreografia perfeita e o sincronismo dos passos de todos os dançarinos impressionaram agradavelmente Pedro, enquanto isso Bruno não tirava os olhos de Acsa. Estava simplesmente extasiado.

Ao terminar o show ela veio perguntar o que acharam e obviamente os elogios fluíram sinceros, em especial os de Bruno.

Ela agradeceu e ficou vários minutos conversando com a sua ironia e bem humor tão característico, até que naturalmente Acsa e Bruno trocaram os números de seus celulares.

Parecia que alguma coisa estava começando ali. O médico sem querer havia embarcado o amigo em uma provável aventura com a dançarina, jogando-o em seu colo.

No caminho de volta para casa ele só falava dela, tirando qualquer chance de Pedro saber como o amigo reagiria ao saber que Mariana estava namorando um homem mais velho.

Capítulo 7 – Os desejos sem grilhões

Quero o brilho da tua lua
e dela extrair todo o mel.
Conhecer tuas vielas e ruas,
teus montes, vales e céu.

Quero tua noite escura,
e tuas estrelas gotejantes.
Ser achado em tua procura,
e causar um suspiro ofegante.

Quero a tua noite primeira,
a segunda, a milésima,
até chegarmos à derradeira.

Ser todas as cores da visão
que brilha na lua verdadeira
que emana da nossa paixão.

("Lua de mel" - F.C. Barreto)

Enfim, o sábado tão esperado chegou. Mariana, como sempre, estava jovialmente linda, mesmo com uma pequena mochila nas costas.

- Sempre que vou dormir na casa de amigas eu levo uma muda de roupas e outras coisinhas... Minha mãe já até sabe e sempre pergunta se não esqueci nada – explicou marotamente, quando Pedro indagou brincando se ela ia viajar.

A resposta era um ótimo presságio. O que teria ali guardado só para ele? Sua imaginação fluía enquanto viam o filme que tinham escolhido para assistir no cinema, antes de jantarem.

O restaurante que Pedro a levou depois também era muito aconchegante e a decoração de muito bom gosto.

Ele declinou do vinho sugerido pelo garçom para acompanhar o pedido, preferindo um suco e ela o acompanhou na escolha.

- Tenho uma garrafa de uma safra especial, nos aguardando em casa para encerrar a noite – ele falou, olhando-a profundamente nos olhos.

Realmente ele nunca bebia quando estava dirigindo. Sua experiência como médico lhe mostrava que a combinação de álcool com direção sempre ocasionava lesões e fraturas, muitas delas com consequências gravíssimas.

No início do jantar ele tirou uma pequena caixinha do bolso e estendeu-a em sua direção. Era um lindo anel que veio acompanhado do seu pedido para formalizarem uma relação. Ficarem noivos.

- Ah! Pedro! Que lindo... Não sei nem o que dizer.

- Diga apenas "sim".

- Mas eu estou sem palavras... surpresa... Nós começamos há poucos dias e você já quer casar comigo?

Após uma pequena pausa, para respirar mais fundo e assim controlar a voz que teimava em ficar embargada pela emoção, ela continuou.

- Você não está se precipitando? Não é muito cedo? Será que você realmente quer se prender a mim de uma forma assim, tão mais compromissada?

- É o que mais desejo... Dormir e acordar com você ao meu lado pelo resto da vida.

Os olhos de Mariana não mais resistiram e se encheram de lágrimas de felicidade. Seu coração queria sair pela boca de tão acelerado que estava. A garganta com um nó quase não a deixava respirar quando enfim, conseguiu responder:

- Aceito! Mas você vai ter que enfrentar o povo lá de casa... E depois que eles souberem das suas intenções, a marcação vai ser cerrada - brincou.

Pedro sorriu. Já se imaginava, sentado no sofá da sala da casa dela, com seus pais e o irmão Bruno, fuzilando-o com o olhar, enquanto ele fazia o pedido.

Certamente, seria alvejado por inúmeras perguntas e a resistência seria clara.

- Se você estiver ao meu lado, eu enfrento até os deuses da antiga Grécia, pelo nosso amor.

- Então eu topo! Ficarei com você até cair a última muralha... Afinal eu sempre o amei e sempre sonhei com isso em segredo.

- Eu também a amo – disse ao colocar o anel em seu dedo anelar da mão direita e em seguida beijá-la.

Aquela noite de amor foi ainda mais especial. Mariana se sentia plena, poderosa, a mulher mais realizada do mundo.

Ali sentada sobre o seu amado, cavalgando sobre aqueles prados cobertos de pelos, sobre o seu domínio só pensava em enlouquecê-lo de prazer.

Parecia que já eram íntimos há séculos e que seus corpos já não guardavam mais nenhum mistério. Os carinhos inocentemente ousados também já estavam isentos de qualquer resquício de pudor.

Naquela noite ela se sentia uma mulher por inteiro e ali, seu homem era o posseiro do seu reino para fazer com ela o que bem quisesse.

Curiosamente, foi naquela noite que ela realmente sentiu que estava se entregando de fato para Pedro. Uma verdadeira entrega de corpo e alma e não apenas de um hímen.

Para surpresa dele, daquela vez foi ela quem parecia insaciável, uma fêmea em um cio interminável que o despertava continuamente, implorando maliciosamente por mais.

Acordou de manhã sendo acariciado pela sua amada, que enroscada em seu corpo, ainda o molhava com o refluxo que ainda fluía do seu sexo.

Diferente da vez anterior parecia que ela ainda queria mais, mesmo naquela atmosfera matutina de bonança que seu membro desfrutava, tombado e adormecido na paz de suas coxas.

As mãos dela acariciavam o seu peito e seu tórax suavemente, às vezes chegando aos pelos pubianos, ainda brilhantes e umedecidos pelos líquidos que fluíram de seus corpos.

Ele também ficou acariciando as costas da sua amada que deitada de lado se aconchegava cada vez mais para junto de seu corpo.

Sua vulva molhada roçava na lateral das coxas do seu amado enquanto sua mão direita passeava pelo seu corpo quase desfalecido, até que tocou naquele enrugado obelisco de seu prazer que aparentemente jazia adormecido.

Um toque de seus dedos foi o suficiente para ele voltar a dar sinal de vida. A mão macia de Mariana se concentrou nele, fazendo movimentos suaves que gradativamente o despertaram. Sua rigidez retornando ao mesmo tempo em que expunha seu cume arredondado, brilhante, úmido e rosado.

Apenas nesse momento foi que ela percebeu, de fato, todas as dimensões que ela se permitira suportar dentro de si.

Escorregou para baixo para admirar mais detalhadamente aquela dádiva que a invadira e que naquele instante mostrava seu real tamanho aos seus olhos. Um mágico bastão fálico que executou a magia de levá-la ao paraíso dos prazeres e que agora era só seu.

Não resistiu e beijou a ponta daquela ogiva rosa, causando um tremor no corpo do seu amado. Repetiu a dose e uma nova trepidação ocorreu acompanhada de um gemido.

Aquele membro intumescido apontando para o teto, ali em suas mãos e a milímetros de sua boca com Pedro olhando-a com uma expressão de quase súplica lhe convenceu.

Levou-o aos lábios e começou a lambê-lo como se fosse um sorvete de frutas raras e afrodisíacas. Ele a olhava e ela retribuía passando a língua mais acintosamente numa mútua provocação.

Até que de repente, ela o colocou inteiro dentro de sua boca, extraindo de Pedro um urro que pareceu que ele estava tendo um orgasmo.

Acelerou o vai e vem, naquela descoberta do gosto de seus fluidos. Com a mão direita segurava aquele lindo e fervente picolé, chupando-o e lambendo-o com vontade. Ao mesmo tempo massageava duas pequenas esferas escondidas sob um manto enrugado que cabia inteiro na palma de sua outra mão.

Estava adorando fazê-lo gemer e suspirar. Colocava o máximo que podia dele na boca e tirava, sentindo o prazer do seu homem, enquanto ele acariciava seus cabelos, retribuindo suas loucas carícias.

Aquele membro tão rígido fez desejá-lo mais uma vez dentro de si. Porém ela sabia que uma nova penetração já não seria tão fácil quanto das primeiras vezes, pois já estava levemente dolorida. Assim, decidiu não arriscar e continuou apenas possuindo-o daquela forma.

Sentia-se uma vadia experimentada, mas apenas seguia seus instintos, já que efetivamente era a primeira que fazia aquilo. Queria fazer seu amado gozar, sentir o sabor e o prazer de vê-lo ejacular todo seu sêmen, só para ela.

Não tardou para que ele com um gemido bem mais longo lhe atendesse. Seu corpo em convulsão liberou jatos de prazer que modelaram com um líquido branco os lábios dela emoldurando seu malicioso sorriso de satisfação.

Pedro desfaleceu mais uma vez e ela depois de alguns momentos, se levantou e foi para o banheiro. Contudo, desta vez, não fechou a porta.

Meu Deus! Como tudo mudou! Pensou Pedro, quase desmaiado na cama. Era um ato banal, afinal não trancar a porta não era nada demais. Mas, na verdade era como se ela dissesse, sem palavras, que já aceitava e até permitia compartilhar toda a sua intimidade com ele, a partir dali.

O barulho da água caindo no chuveiro que enchia a banheira invadiu o quarto. Pedro se levantou e ao entrar no banheiro, viu que ela se banhava em pé. Perguntou se podia ensaboá-la.

- Claro! Ela respondeu maliciosamente estendendo-lhe a esponja cheia de espuma.

Aquele era um carinho especial. Deslizar por toda a extensão da pele da sua amada, sem limites ou áreas proibidas era muito prazeroso. Aquela permissão tinha um significado muito maior para eles e ambos sabiam disso.

Após o banho, Mariana vestiu uma calcinha que tirou da mochila e experimentou uma camisa de Pedro. Como ficou larga e confortável, permaneceu com ela e foi para a cozinha para preparar um desjejum para os dois.

Enquanto isso, Pedro terminava seu banho se recuperando lentamente da noite incomum que tivera.

- Você realmente é surpreendente – disse Pedro ao entrar na cozinha e ver a pequena mesa da copa arrumada com frutas, sucos, geleias, biscoitos e a garrafa térmica de café.

Depois de abraçá-la e beijá-la mais uma vez, instintivamente rearrumou os copos, as xícaras e os talheres, posicionando-os em ordem e milimetricamente separados, enquanto ela procurava o adoçante demorando um pouco em descobrir onde ele estava guardado.

- Meu Deus! Que perfeccionista – brincou Mariana ao ver a rearrumação feita por ele.

Aquela frase pareceu um líquido gelado percorrendo a espinha dorsal de Pedro.

Já ouvira várias vezes, em um passado recente, a mesma observação. No início com a aquela mesma entonação brincalhona, mas nas últimas soava como uma bomba deflagrada em seus ouvidos e que ainda ecoava.

Um medo repentino se apossou dele.

Já vira aquele filme e o final fora muito triste e doloroso. Será que realmente Vanessa estava certa, ao aconselhá-lo procurar uma ajuda profissional?

Tomou o café, pensando naquilo.

O receio de futuramente perder Mariana devido suas naturais esquisitices e comportamentos tão metódicos, realmente não lhe agradava.

Enquanto ela tagarelava planejando os preparativos para seu enfrentamento com sua família, ele remoia estas dúvidas.

- No próximo final de semana está bem para você?

- Ah!... Sim está ótimo! – respondeu, não conseguindo simular suas apreensões.

- Não fique assim tão preocupado... Eu vou preparar minha mãe e meu pai – Mariana falou, pensando que o semblante de preocupação dele era por causa do pedido oficial que Pedro pretendia fazer.

- Está bem... Eu estou tranquilo e sei que vou convencê-los das minhas boas intenções - desconversou.

Mariana não se conteve e soltou uma gargalhada.

- Você agora falou igual ao meu falecido avó... Quais são as suas intenções com a minha filha? – ela fez galhofa, tentando falar com voz grave, como se imitasse seu próprio pai.

Pedro se rendeu e riu também.

- Não se esqueça de que para eles você sempre será a mocinha virgem e eu apenas um lobo mau prestes a atacá-la – brincou, mas ao mesmo tempo estava dando um toque de realidade à situação.

- E o que o lobo mau vai fazer? Vai comer a mocinha? - respondeu ironicamente e ao mesmo tempo se levantou para em seguida se sentar em seu colo.

- É isso mesmo! Para eles o lobo mau só quer comer a menininha e eu preciso provar que não é nada disso – ele falou, enlaçando-a pela cintura.

- Ah! Se o lobo não quer comer a menininha, então ele não me interessa mais – Mariana riu fazendo uma cara de menina travessa.

Realmente ela já era outra pessoa, ou melhor, estava se tornando rapidamente uma mulher maliciosa, sedutora e, principalmente, muito segura de si.

Passaram o restante daquela manhã conversando e também combinando como fariam com os pais dela, no final da semana seguinte.

Mariana ligou para sua mãe para avisar que almoçaria na "casa da sua amiga", se antecipando às naturais preocupações maternas, informando que voltaria para casa apenas no final da tarde daquele domingo.

E assim, o almoço daquele dia foi preparado a quatro mãos, regado com muita paixão e carinho.

Depois de almoçarem, um pouco mais tarde ela deixou que a sobremesa predileta de Pedro fosse mais uma vez degustada na cama.

Uma concessão sem tanto empenho por causa do leve desconforto, mas tolerada para satisfazer seu amor.

Afinal, ela mesma já estava satisfeita com tudo de doce que havia provado naquele fim de semana.

Capítulo 8 – O amor sem fim, mesmo ao final

És a gota que brotando na face oculta da lua,
rasgou o negro manto deste virgem casto,
e fendendo sua noite, jogou-o no bueiro da rua,
como um açoite desferido em um corpo nefasto.

És a insanidade que deságua em meu rio,
que teima em aspirar meu ar fotossintético,
esgueirando-se em minha vida como um fio
degelando-me, do mais alto dos teus picos.

Serás sempre a melhor menção na nossa lide,
ao erguer meu coração e sorver a minha sorte,
clausticante, derramada na sua mão, sem revide.

E nas cãs embranquecidas pela trilha para o norte
haverás de ler, sob a luz que sobre um corpo incide
o obituário: Sempre amarei, até após minha morte.

("Soneto de um final sem fim" - F.C. Barreto)

- Alo! Meu nome é Pedro e eu gostaria de marcar uma consulta com o psicólogo.

Enfim, ele se decidira.

Após Mariana ir para casa, ele se percebeu arrumando cuidadosamente a cama e trocando o lençol, ajeitando-o milimetricamente.

Ao guardar em um saco plástico, de forma semelhante ao que fizera anteriormente com o primeiro, ele o fez com meticuloso cuidado cada dobradura do lençol usado para preservar todas as marcas daquela segunda noitada maravilhosa de amor.

Ao colocar o saco no fundo da gaveta, em cima do outro, também percebeu sua preocupação em seguir as mesmas dimensões deles na arrumação.

Deixou um espaço livre na parte superior para guardar exatamente da mesma forma no futuro, possíveis lençóis marcados por aquele amor tão especial.

Nesse momento assustou-se.

Parecia ouvir a voz de Vanessa dizendo que aquela mania de arrumar tudo sempre do mesmo jeito e exatamente no mesmo lugar não podia ser normal.

Após lavar a louça e arrumar os talheres do mesmo jeito e cuidado de sempre, se convenceu. Iria tirar a limpo com um psicólogo se aquele seu comportamento e que sua antiga companheira tanto criticava, definitivamente era normal.

- Tem um horário livre daqui a duas semanas, terça feira às quinze horas, está bom para o senhor? –

indagou a atendente do consultório do outro lado da linha.

- Está ótimo. Pode marcar – respondeu Pedro, complementando as informações que ela solicitou, antes de desligar.

Não custa nada tentar, pensou. Apesar de estar convicto que tudo aquilo era um exagero. Mas, por via das dúvidas marcou com um dos melhores profissionais da área, seguindo as recomendações que seus colegas médicos lhe deram.

No dia seguinte ao pegá-la na saída do curso, ouviu a novidade.

- Bruno está de namorada nova e disse que desta vez estava apaixonado... Acho que o vírus do amor esta infestando o bairro – Mariana brincou.

- Que legal! Respondeu Pedro.

- Ele disse que ela é muito linda e seu nome é bem diferente, chama-se Acsa... Você sabe quem é?

Pedro riu. Então seu amigo já estava namorando a dançarina e futura advogada habilitada pela Ordem dos Advogados do Brasil.

Logo, eles não perderam tempo nesse final de semana e acertaram rapidamente os ponteiros, Pedro concluiu.

- Conheço! Fui eu que os apresentei!

- Ah! Seu cúpido! Conta... vai!

Não teve jeito. A insistência foi tanta que ele foi obrigado a contar.

Pararam em uma sorveteria e a curiosidade de Mariana foi saciada entrecortada pelas risadas de ambos.

Ele descreveu a fascinação nos olhos de Bruno assim que viu Acsa e também como ele ficou falando dela depois.

A única coisa que ele omitiu é que havia sido ele, quem chamara o amigo para irem ver o ensaio. Por uma razão inexplicável ele disse que foi o Bruno quem o chamou para acompanhá-lo e que o convite havia partido de outra pessoa que seu amigo conhecia.

Uma omissão idiota, mas, ele preferiu não se arriscar. Não queria que ela sentisse qualquer sentimento ruim em relação à sua fidelidade, afinal Mariana, um dia antes tinha se entregado para ele.

Além de seu receio em relação à reação dela, certamente ainda teria que explicar como conhecera Acsa e essa ideia não lhe agradava.

Mesmo nunca tendo acontecido nada entre ele e a dançarina, sentiu-se inseguro e assim fez uma pequena alteração no verdadeiro enredo da história.

Quem sabe em outro momento mais tarde ele contasse, justificando as razões daquela "mentirinha" naquele instante, disse silenciosamente para si mesmo.

Tomaram o sorvete e seguiram para casa repetindo a mesma rotina de pararem dois quarteirões antes.

Na sexta feira pela manha, coincidentemente Pedro encontrou Bruno na padaria.

- E aí! Dom Juan! Já sei que você e a Acsa estão juntos e curtindo o maior amor.

- É verdade.

- Você não perdeu tempo – Pedro brincou.

- Realmente... Ela mexeu comigo, logo que a conheci... Não podia deixar aquela gata escapar.

Saíram da Padaria e no caminho de casa a conversa prosseguiu.

- Estou feliz por vocês... Mas, diz aí... O negócio é sério ou é só uma "transa" descompromissada – Pedro indagou curioso.

- Meu amigo, eu estou gostando muito dela – Bruno confessou.

- Que legal!... E com todo o respeito, ela parece que tem tudo para fazer qualquer homem muito feliz.

- Olha, Pedro, eu sei o que você esta pensando... Mas para sua surpresa ainda estamos só namorando e também nem transamos, viu? E olha que não foi por falta de insistência minha.

- Não entendi... Ela me pareceu tão... tão... desenvolta – Pedro procurou a palavra que lhe parecia mais adequada.

- Para você ver... Uma mulher tão esperta e desinibida, mas quando a coisa esquenta ela desconversa... Acho até que ela é virgem – Bruno desabafou para surpresa do amigo.

- Meu Deus! Quem diria! Quer dizer que é só beijinho e namoro com a mão na mão.

- Mas ou menos isso... Já até consegui acariciar seus peitinhos, beliscar sua bundinha, mas quando eu avanço, ela trava e me pede para parar... Eu acho que ela nunca transou...

- Mas, você não perguntou se ela é virgem?

- Ela sempre desconversa... Diz que me deseja e me quer, mas ir para a cama comigo era um passo muito sério para ela e coisas desse tipo.

Após uma pausa e um breve suspiro, continuou:

- Na minha última tentativa que inclusive foi ontem, ela falou séria que precisava esclarecer algumas coisas, antes de irmos para os "finalmentes"... Não faço a menor ideia do que ela quer.

Pedro não acreditava no que estava ouvindo. Não combinava aquela descrição de comportamento da namorada do amigo com a mulher que ele conhecera no shopping.

- Bem, em geral a mulher faz amor enquanto a gente faz sexo, isso porque normalmente transar com alguém para elas é um ato com um significado muito especial... Deve ser por aí – Pedro filosofou, tentando amenizar a angústia do amigo.

- É! Você deve ter razão... Acsa deixou bem claro, nas entrelinhas, que quer muito fazer sexo comigo, mas, sei lá porque se esquiva... Só espero que ela não diga que apenas será minha depois de casarmos – Bruno riu, numa clara tentativa de descontrair o papo.

- De repente pode até ser isso – confirmou Pedro gargalhando.

Despediram-se com ele desejando sorte ao amigo em seu novo relacionamento amoroso, mas ao entrar em sua casa, ainda estava visivelmente incrédulo com a conversa que tiveram.

No final da tarde quando pegou Mariana no cursinho, ainda estava atônito. Ela percebeu e perguntou, porém ele desconversou inventando uma desculpa. Ela fingiu acreditar e falou que tinha uma surpresa para ele.

- Então me diga o que é.

- Falei para minha mãe que eu iria para "a casa de uma amiga" estudar e também que dormiria lá – ela falou com uma expressão maliciosa, mordendo levemente o lábio inferior.

- Adorei a surpresa!

- É... Eu pensei em aproveitarmos a nossa última noite de liberdade, pois depois que você falar com meus pais, pode ter certeza que a marcação vai ser bem mais cerrada.

- Ah! Entendi!

- Então vamos?

- Claro!

Quando chegaram à casa de Pedro, entraram bem discretamente após se certificarem que não tinha nenhum conhecido na rua.

Preparam alegremente um jantar e quando estava quase pronto ele sugeriu tomarem banho.

- Vai você primeiro! Enquanto isso eu acabo de fazer o molho e arrumo a mesa... Depois eu vou - disse Mariana.

Pedro entendeu que ela queria privacidade para se banhar e se arrumar depois para ele. Quem sabe não teria uma boa surpresa?

Além disso, enquanto ela tomasse banho e se arrumasse, ele escolheria uma boa sequência de músicas e também checaria se a mesa estava perfeita.

Pensou melhor. Não mexeria na arrumação dos talheres que ela fizesse, apenas veria se estava faltando alguma coisa na mesa.

Quando saiu do banho, encontrou Mariana sentada na sala com o seu celular na mão e os olhos marejados. Estava visivelmente irritada passando o aparelho de uma mão para outra nervosamente.

- O que foi? Por que você esta com o meu telefone na mão? Alguém ligou? – fez várias indagações, praticamente sem dar tempo para ela responder a nenhuma.

- Seu telefone tocou e eu tentei atender, mas até eu lembrar a senha do desbloqueio que você me disse, não deu tempo... Acho que era meu irmão... Pelo menos o nome "Bruno" apareceu na tela.

- Ah! Legal! Vou ligar para ele.

- Só depois de você me explicar isso.

E teclou o play do aplicativo de gravação de telefonemas.

Uma voz feminina falando manhosamente um endereço que ele obviamente conhecia e um horário ecoou do aparelho. Após uma breve pausa, a gravação continuou:

- Um beijo... Estou louca para te ver... Não vai me dar "bolo" ou me trocar por alguma menininha que de repente aparecer por aí retocando batom, ouviu?

Na sequencia Pedro ouviu a sua própria voz respondendo ao final da gravação:

- Ta ok!

Com os olhos já vermelhos e crispados, Mariana quase gritou ao encerrar a audição:

- A data da gravação também está no arquivo... Quer que eu lembre o que aconteceu um dia antes de você marcar esse encontro com essa vadia.

Pedro ficou sem ar. O que estava passando pela cabeça dela?

- Acho bom você ser honesto e dizer a verdade... Pensei que depois daquela primeira vez, nós tínhamos um compromisso... Mas pelo que ouvi... você foi se divertir com uma vagabunda no dia seguinte... Foi comemorar o defloramento dessa idiota aqui com uma cadela da sua laia.

Mariana falava sem parar e bem agressivamente.

Atropelava as próprias frases, compondo suposições tão absurdas, que ele não conseguia nem articular uma interrupção eficaz para explicar.

- Eu prefiro a verdade mesmo sabendo que a confissão dessa traição vai me machucar – ela já estava se debulhando em lágrimas.

- Chega! - gritou Pedro, assustando-a.

- Essa voz é da Acsa, a namorada do seu irmão Bruno – continuou no mesmo tom.

- O que? Você tem um caso com ela?

- Não! – ele praticamente berrou de novo.

- Fui eu quem os apresentou... Exatamente nessa noite – enfim, ele conseguiu falar.

A expressão de espanto de Mariana em seu rosto totalmente marejado pelo próprio pranto era indescritível.

Finalmente ela silenciou.

Após uma pequena pausa, Pedro contou pausadamente tudo. Não omitiu nenhum detalhe, inclusive como a conhecera e porque não contara antes.

O medo de magoá-la e vê-la assim tão enciumada, mas sem razão, é que o levará mudar um pouquinho sua versão da história daquela noite, desabafou no final.

Agora quem estava com os olhos cheios de lágrimas era ele:

- Eu te amo! Nunca faria nada que te fizesse sofrer ou duvidar do meu amor – falou quase engasgando nas próprias palavras.

Mariana percebeu que ele estava sendo sincero. Sentou-se ao seu lado e passou o dedo na lágrima teimosa que insistia em escorrer pela face do seu amado.

Um carinho silencioso, mas com um grande significado. Era um misto de pedido de desculpas com uma silenciosa declaração de amor.

Eles já estavam aprendendo que existem formas de dizer "eu te amo" sem precisar falar nada. Dependendo do momento, alguns gestos mostram muito mais do que palavras e aquela carícia na face de Pedro era um bom exemplo disso.

Um beijo selou a paz e ratificou a força daquele amor.

- O que será que o Bruno queria falar com você? – Mariana perguntou enquanto jantavam.

Ela nem tomou banho depois da discussão. Preferiu jantar primeiro para saborear melhor aquela reconciliação. Tomaria uma boa ducha depois, antes de irem para a cama.

- Sei lá! – ele respondeu de forma displicente.

- Liga para ele, para saber... Fiquei curiosa.

- Ah! Depois eu retorno.

- Liga... Vai liga – ela insistia manhosa.

Pedro ficou pensativo e de repente começou a temer que ela começasse a pensar que ele estava escondendo alguma coisa em cumplicidade com Bruno. Sabe lá? Cabeça de mulher é um mistério.

Pegou o telefone e discou para o amigo, tendo o cuidado de colocar na viva-voz para que ele ouvisse a conversa. Enquanto o telefone chamava ele colocou o dedo indicador na frente da boca, mostrando que ela devia ficar em silencio.

- Alô! – atendeu uma voz embargada do outro lado da linha.

- Oi Bruno, aqui é o Pedro... Você ligou para mim?

- Bruno estou arrasado... Acsa se matou – disse de uma vez só, sem rodeios.

- Como?

- Cheguei ao apartamento dela e a porta estava destrancada... entrei e a encontrei morta na cama... ela cortou os pulsos.

- Calma! Onde você está?

- Aqui... ainda no apartamento... eu chamei a ambulância, mas ao chegarem aqui constataram que ela realmente já estava morta.

Sua voz quase não saia mais. Mariana estava com os olhos arregalados e Pedro sentiu que precisava ajudá-lo imediatamente.

- Estou esperando a polícia – completou ainda com a voz embargada.

- Passe o endereço que eu estou indo para aí – Pedro finalizou a conversa e praticamente voou até o local.

Na garupa da motocicleta agarrada a ele estava Mariana. Ela se recusou deixar seu irmão sozinho naquela situação.

Chegaram minutos antes da polícia. Bruno estava sentado em uma cadeira na sala com o rosto entre as mãos. Soluçava copiosamente, enquanto recebia o duplo abraço do amigo e da irmã.

Pedro se identificou como médico ao colega e o enfermeiro que ainda estavam no local aguardando a polícia e assim conseguiu olhar de longe a cena. Da porta do quarto, viu sobre a cama, o corpo inerte de Acsa de camisola sobre um lençol empapado de sangue.

No chão ao lado da morta, uma gilete também toda ensanguentada, certamente continha suas próprias digitais.

Em seus dois pulsos os cortes denunciavam seu ato desesperado e em cima da cômoda, cuidadosamente apoiado sobre um abajur, estava um celular e um envelope branco, que certamente continha algum conteúdo que justificava porque ela fizera aquilo.

A polícia chegou e fez os procedimentos de rotina. Depois de uma hora, seguiram para a delegacia e após os depoimentos todos foram liberados.

Na longa carta escrita de próprio punho, Acsa confessava seu ato extremo. Dizia que a vida não tinha mais sentido, pois o direito de amar sempre lhe era negado e também pedia perdão às pessoas que ela amava. Contava sua vida e todas as intempéries pela qual passara principalmente às relacionadas à sua vida amorosa e sexual.

Assim a própria cena do crime, as evidências colhidas para a perícia, o conteúdo bem elucidativo da carta e os depoimentos, não deixavam dúvidas para o delegado. Ela se suicidara e certamente os resultados posteriores da perícia confirmariam sua forte suspeita.

Pedro confortava o amigo que também era amparado pelo abraço da irmã. Pegaram um táxi e decidiram seguir para a casa do amigo. No dia seguinte ele voltaria para pegar a motocicleta, pois, naquele momento o mais importante era ficarem todos juntos.

Decidiram ir para a casa de Pedro. Lá teriam mais privacidade e Bruno poderia desabafar e chorar a vontade. Assim, não assustariam seus pais tendo que explicar tanta coisa naquele momento tão triste.

Pedro não conseguia entender como ela havia feito aquilo. O ato não combinava com a mulher que ela transparecia ser.

- Eu ainda não acredito... É impossível compreender... Isso não é compatível com aquela mulher que conhecemos – Pedro falou baixo como conversasse consigo mesmo.

Nesse momento Bruno tirou do bolso da calça um envelope branco todo dobrado e o estendeu para o amigo.

Na parte externa estava escrito "Para meu amado Bruno" e dentro uma longa carta manuscrita com a mesma caligrafia do texto que foi deixado na cômoda da morta.

- Foi escrita por Acsa... Estava junto com a outra que a polícia recolheu... Mas, como estava endereçada para mim, eu a li rapidamente e depois guardei enquanto aguardava a ambulância – ele simplesmente falou.

Pedro hesitava para ler. Sabia que dentro daquele envelope poderia surgir a explicação porque Acsa estava evitando ceder às investidas de Bruno. Afinal, a exposição daquela intimidade na frente de sua irmã poderia constrangê-lo.

- Vocês dois estão juntos há quanto tempo?

A pergunta dele desnorteou Pedro.

- Três semanas – respondeu Mariana, encabulando o médico mais ainda.

- Então leia em voz alta. É uma linda lição sobre as inevitáveis diferenças que sempre existirão entre duas pessoas que se amam e as inexplicáveis reações que o próprio amor precipita.

Pedro e Mariana continuavam confusos, enquanto Bruno prosseguiu.

- Ontem no apartamento de Acsa eu a "encostei na parede". Estava louco por ela e sentia que ela também me desejava com todas as suas forças... mas, continuava resistindo, até que me contou o motivo.

Estávamos a sós. A amiga com quem ela dividia o imóvel estava viajando e a privacidade para terem aquela conversa era total.

Bruno deu uma pausa e descreveu literalmente tudo que ela lhe disse.

Acsa lhe confessou que na realidade nascera André. Um menino com um ínfimo pênis e uma bolsa escrotal desprovida de testículos.

Uma anomalia congênita que durante a infância não lhe causou grandes transtornos, porém no início da sua adolescência começou a gerar muitos conflitos.

Ela crescera como um garoto, mas nunca se sentiu como tal.

Não gostava das coisas típicas dos meninos e se identificava bem mais com as atividades e interesses femininos, como por exemplo, dançar e brincar com bonecas com suas primas.

Seus pais percebiam que ele não era como os outros meninos, mas preferiram ignorar e deixaram o tempo passar.

Assim, o menino André apenas ia para a escola e vivia praticamente dentro de casa, quase isolado do mundo, mas protegido.

Na puberdade a ausência dos testículos, principais órgãos produtores dos hormônios masculinos, aliado a um metabolismo hormonal incomum que privilegiava o surgimento de características corporais bem femininas, começou a lhe causar imensos problemas.

No fundo se sentia uma mulher, mas tinha um apêndice entre as pernas que usava apenas para eventualmente urinar em pé. Não se sentia atraído por meninas e ao mesmo tempo tentava sobreviver ao preconceito dos garotos devido a sua aparência delicada e sua postura e fala bem mais feminina.

Por várias vezes foi agredido, ofendido, achincalhado e excluído da vida social normal dos jovens da sua idade.

Após uma agressão mais grave que o deixou internado por alguns dias em um hospital, desistiu de se vestir como homem tendo um corpo praticamente de mulher.

Os homens não o entendiam e não aceitavam que alguém que "mijava" em pé, tivesse cabelos sedosos, a pele lisa, a voz delicada e um rudimento de mamas.

Com pleno apoio apenas materno, passou a se vestir como mulher.

Ao completar maioridade, submeteu-se a um tratamento hormonal específico por dois anos, com acompanhamento médico e psicológico. Até que finalmente se submeteu à cirurgia de redesignação sexual, graças ao suporte financeiro e, principalmente, amoroso e compreensivo da sua mãe.

Contudo, mesmo se livrando daquele apêndice que servia apenas para o classificarem como homem e receber em sua substituição uma vulva e um canal vaginal, ela logo percebeu que nunca seria uma mulher completa.

Nunca engravidaria, não menstruaria, não amamentaria, não teria TPM e nem teria um hímen para ser perdido por amor.

Com o tempo tornou-se uma linda mulher, mas sabia que não era plena. Então se refugiou na dança e evitava se relacionar mais seriamente com alguém.

Apesar disso, se sentia muito bem consigo mesma sendo desejada e observada pelos rapazes. Assim, apenas os seduzia à distância e invariavelmente se esquivava de qualquer investida mais ousada.

Tornou-se uma verdadeira "expert" em evitar que interessados se declarassem. Mas mesmo assim, ainda teve alguns poucos relacionamentos amorosos. Contudo, todos eles sempre foram decepcionantes para ela tanto na cama quanto fora dela.

Após fazer a cirurgia, sempre no início de algum relacionamento ela logo contava a verdade e, na maioria das vezes, isso era o suficiente para o namoro acabar.

Os poucos que persistiram, certamente foram apenas para saciar a curiosidade masculina, pois em geral, depois de transarem, o "imenso" amor do namorado acabava repentinamente.

Assim, ela se sentia um lixo. Um curioso espécime que após ser manipulado era descartado, como um brinquedo que uma criança esquece depois de se divertir com ele.

Depois de tantas desilusões, mudou de cidade e se estabeleceu ali como uma estranha desconhecida para começar uma nova vida. Decidiu que estudaria Direito para defender pessoas como ela e agora sua única regra era se sentir mulher deixando os homens babando, mas sem se envolver de verdade.

Sua meta era apenas trabalhar, estudar para se formar e se sentir poderosa, sem necessariamente namorar e, principalmente, transar.

Até Bruno aparecer naquele ensaio geral.

Foi uma paixão imediata e fulminante. Ela ficou enlouquecida por ele e rapidamente todos os seus temores voltaram.

Sua experiência de vida mostrava que o sexo podia ser um fator determinante para sepultar aquela relação. Isto porque não estava conseguindo continuar mentindo para quem ela estava amando tanto.

Mas, sua vivência nesse caso lhe mostrava que contar a verdade, em geral, encerrava a maioria das suas paixões, mais cedo ou mais tarde.

O problema é que ela estava realmente muito apaixonada por Bruno e desta vez, queria que tudo fosse bem diferente.

Foi um amor puro, forte e arrebatador que invadiu seu corpo e alma como um furacão e, por essa razão, ela decidiu contar mesmo pressentindo que poderia perdê-lo.

Bruno disse que apenas ouvia tudo silenciosamente olhando para baixo, como estivesse procurando um refúgio no chão. Ao terminar de contar sua história de vida e visivelmente emocionada Acsa completou:

- Bruno! O bom senso e a minha experiência me diziam para simplesmente omitir tudo isso de você e me entregar como faria qualquer mulher apaixonada... Você nunca saberia... Mas, é exatamente por estar lhe amando tanto, que preferi me arriscar e contar toda a verdade antes de ir para a cama com você.

Bruno permanecia em absoluto silêncio enquanto o coração de Acsa quase lhe saia pela sua boca.

- Desculpa! Confesso que não esperava por isso. Não sei o que dizer. Preciso de um tempo para pensar e digerir tudo – ele respondeu secamente, afastando-se dela também de forma sutil ao encostar as costas na cadeira.

Um movimento natural e impensado, mas que poderia sugerir muitas coisas.

Acsa já vira aquele filme e já ouvira algumas vezes aquelas mesmas frases e pressentiu que aquele era um possível adeus.

Ele simplesmente permaneceu calado e ao ser questionado sobre aquilo tudo e como se posicionaria perante aquela revelação, apenas conseguiu dizer:

- Podemos conversar melhor amanhã?

- Está bem!

Levantou-se para ir embora e se dirigiu para a porta após abraçá-la e beijá-la na face em silêncio.

Bruno agora se perguntava por que não a beijou na boca como sempre fizera ao se despedirem.

Ele realmente queria lhe dar um ardente e apaixonado beijo e passear com sua língua por aqueles lábios, mas simplesmente não o fez.

Não permitiu que seu amor falasse mais alto. Enxergou falsas limitações ou diferenças que inexistem para aqueles que se amam de verdade.

Meu Deus! Ele a amava, mas não compreendia por que não a beijou. Também nem poderia supor que para Acsa aquele beijo comportado e fraterno na face representava muito mais do que ele podia imaginar.

Para ela era uma despedida. Mais um adeus que a vida lhe dava para o amor.

Durante a noite, após chorar todas as lágrimas que podia, ela decidiu que aquele seria o último adeus que receberia.

Estava deprimida e descontente com tudo. Com seu falso corpo de fêmea, com a vida incompleta que fora condenada a ter e com as desilusões que qualquer uma de suas paixões resultava.

Minutos antes de dar o primeiro corte no pulso, ainda tentou ligar para Bruno. A ligação por duas vezes caiu na secretária eletrônica e ela concluiu que ele não queria atendê-la.

Uma conclusão equivocada e que foi literalmente mortal.

Seu coração dilacerado nem imaginou que ele poderia estar no banho. Um equívoco que lhe custou à vida, retirando dela a primeira real oportunidade de viver um grande amor.

Quando Bruno saiu do banheiro e viu as ligações não atendidas tentou retornar, mas Acsa naquele momento, provavelmente, já estava desfalecida e agonizando.

Então decidiu ir até a casa dela para dizer que a amava como ela era, independente de sua história e passado.

Enfim, naquela noite ele percebeu que se apaixonara por aquela pessoa, independente do gênero real ou da aparência que seu corpo pudesse mostrar.

Também teve a clara percepção que o seu desejo era uma fantasia a mais que qualquer amor verdadeiro sempre incluía na relação entre um casal, mas, de fato, não era o seu principal elemento unificador.

Obviamente o sexo não podia ser o suporte básico ou único de um relacionamento. Afinal a genitália que ambos descobririam um no outro, durante uma maior intimidade não poderia ser o ponto máximo que fundamentasse aquela união.

Em sua noite insone, percebeu que quem ama de verdade, luta para preservar seu amor, busca soluções, se adapta, se reconstrói.

Só que ao chegar à casa de Acsa deparou-se com aquele adeus insuportável que ela lhe dera precipitadamente.

Na cama agora, o lençol tingido de sangue eram apenas marcas derradeiras de um amor que simplesmente nunca se consumou.

Capítulo 9 – As diferenças solidificam o amor

Eu, lagoa de águas sedutoras e transparentes.

Tu, uma lua cheia, opalescente e luminosa.

Eu, lavando teus reflexos sempre brilhantes.

Tu, espelhando em mim, tua luz leitosa.

Do pequeno pássaro até o feroz leão

todos saciam a sede me sorvendo,

depois te fitam com devoção

como uma prece, te agradecendo.

A igualdade dos instintos dos viventes,

nesse mágico momento, é a prova cabal,

que somos imperfeitamente semelhantes.

E a junção dessas grandezas nos faz vitais

para a sobrevida de qualquer amor normal,

a importância assemelhada nas formas desiguais.

("A perfeita imperfeição" - F.C. Barreto)

- Fiz um café! Disse Mariana

Afinal, nenhum deles conseguiu pregar um olho naquela noite, que efetivamente foi marcante para os três.

Foi um verdadeiro curso intensivo sobre o imenso mar chamado amor e como se comportar com seus parceiros de viagem, ao navegar em suas águas enfrentando as intempéries da vida.

A necropsia e a perícia confirmaram que realmente foi a própria Acsa quem manipulou a gilete que lhe tirou a vida, assim como a letra da carta foi identificada pelos seus pais como sendo dela.

O enterro simples foi acompanhado apenas por Bruno, sua irmã, Pedro e algumas poucas amigas. Eles juntos aos pais de Acsa prestaram suas últimas homenagens a uma pessoa que literalmente se matou por acreditar que a sua vida não lhe dava direito ao amor.

O tempo certamente aquietaria seus corações, mas aquele aprendizado daquela noite, nunca mais seria esquecido pelos três.

Descobriram que o amor pressupõe uma atenção constante com a pessoa amada. Que pequenos detalhes que passam despercebidos podem de uma hora para outra, simplesmente implodir uma paixão.

Aprenderam que é imprescindível ser sempre flexível já que a vida é dinâmica e não comporta verdades absolutas ou padrões rígidos construídos sobre os frágeis saberes humanos.

Enfim, aquela noite foi uma divisora de águas em suas vidas.

Um ano já se passara quando Pedro encontrou com Bruno na porta do seu terapeuta.

- E aí? Voltou para a terapia – perguntou sorridente ao reencontrá-lo.

- Não! Já tive alta há quase um mês – Bruno respondeu.

De fato, tanto um quanto o outro se consultavam com o mesmo terapeuta, por motivos diferentes.

O médico porque não queria perder Mariana por causa de suas metódicas esquisitices e manias, além de seu quase insaciável apetite sexual.

Mesmo que ele ainda considerasse esses comportamentos normais não custava nada continuar com a terapia para controlar um pouco melhor esses impulsos. Faria tudo para evitar desgastes da relação com o tempo. Aprendera que no amor valia fazer qualquer sacrifício ou, melhor, muitas concessões.

Já seu amigo precisou de uma ajuda profissional para superar a sensação de culpa que se apossara dele pela morte de Acsa, além da imensa depressão por causa da tristeza que se instalou no fundo de sua alma depois da sua perda.

Como Pedro naquela fatídica noite percebeu que o amigo precisaria de algo mais do que apenas seu ombro amigo durante alguns dias, sugeriu uma consulta ao mesmo terapeuta que ele marcara.

Bruno aceitou e ficou por uns bons meses se consultando.

- Eu estava passando e lhe vi – disse um sorridente Bruno.

- Ah! - respondeu Pedro devolvendo o sorriso.

- Foi bom lhe encontrar. Se você estiver indo para casa eu posso pegar uma carona?

- Claro!

Quando iam subir na motocicleta, Pedro percebeu que só tinha um único capacete. Titubeou e Bruno disse que por ele não tinha problema algum em viajar sem o acessório de proteção.

Se fosse num recente passado, certamente o médico se recusaria levá-lo sem o capacete, mas curiosamente estava bem menos intransigente com suas regras internas, ultimamente.

Pedro estava bem mais flexível com as normas gerais que regiam as pessoas, assim como seu próprio bom senso individual que já o permitia eventualmente transgredir em pequenas coisas.

Desta forma e apesar dessa transgressão eles chegaram sãos e salvos à casa do amigo e ficaram conversando um bom tempo no portão até que Mariana chegou.

- Vamos contar agora para o meu irmão? Ela indagou para Pedro, depois de beijá-lo.

- Contar o que? Bruno devolveu a indagação.

- Que você será nosso padrinho de casamento – o médico respondeu.

- Marcamos a data e será daqui a quatro meses – completou Mariana.

- Ótimo! Mas por que tão rápido? - seu irmão brincou.

- Ora! Porque eu estou grávida e você vai ser titio.

Bruno quase engasgou com sinceridade da irmã, porém ainda conseguiu falar:

- Que legal! Parabéns... E o que nossos pais disseram?

- Não sabemos ainda! – ela respondeu da mesma forma simples e objetiva.

- Vamos falar com eles hoje à noite! – complementou Pedro, justificando a resposta de Mariana.

Ela desde o início da sua relação com seu amado não usava pílulas anticoncepcionais. Logo, seu ciclo menstrual era rigorosamente acompanhado por ambos e assim nos períodos férteis, o uso dos preservativos era sempre inserido em suas relações.

Contudo, aparentemente algum cálculo se mostrou equivocado, pois a tabelinha simplesmente falhou, ou na última das hipóteses, a camisinha deixou a desejar em sua função de protegê-los de uma gravidez.

O que poderia ser um transtorno, na verdade foi um fator adicional à felicidade que se estabelecia gradativamente naquela relação.

Assim, Mariana no início daquele ano deu duas notícias para Pedro. A primeira é que havia sido aprovada no vestibular para Enfermagem e a segunda é que estava grávida.

Mais tarde, naquela noite seus pais foram simplesmente informados da data do casamento e da chegada em breve de uma criança para alegrar a vida de todos naquela família.

As duas informações foram transmitidas da mesma forma simples e direta como ocorrera com Bruno, que por sua vez, apenas gargalhava com a reação de espanto de seus pais.

Ele pensava enquanto ria que o lobo mau apesar de ser marcado cerradamente pela sua mãe Joana, conseguiu fazer mal para a chapeuzinho vermelho. Ou melhor, na verdade ele havia feito um grande bem para a donzela que agora estava ali, com uma expressão esfuziante de felicidade estampada no rosto.

No fundo todos ficaram felizes, apesar do percurso inesperado que Pedro e Mariana fizeram para enfim, acabarem juntos.

O único problema é que o início do curso de Enfermagem foi postergado para depois, por decisão unilateral dela que preferiu, naquele primeiro momento, curtir plenamente a sua maternidade.

Assim, no mesmo ano em que eles casaram, foram brindados pela chegada daquele lindo presente dos céus.

Um lindo menino que foi batizado como André. Afinal, esse nome tem origem no termo grego *andrós* que significa "homem", justificava Mariana para quem lhe perguntava o motivo da sua escolha.

Por outro lado, Pedro dizia que era por causa de sua origem bíblica, o nome do primeiro discípulo de Jesus Cristo. Ele descobrira isso na folha que ficara aberta da sua Bíblia por anos a fio, sobre o rack da sala.

Dois anos depois de casados, novos lençóis começaram a ser marcados. Só que agora devido à enurese noturna tão comum dos meninos em tenra idade, aquela troca das roupas de cama era mais uma nova tarefa assumida por Pedro.

- Meu Deus! O André é uma máquina de xixi. Molha a cama até duas vezes por noite – comentava rindo consigo mesmo, enquanto colocava os lençóis para lavar.

Finalmente Mariana começou a fazer sua graduação de Enfermagem no início daquele ano, pois, seu sonho de se tornar enfermeira havia sido retomado com toda a força depois que seu filho completou um ano.

Como ela mesma decidira postergar um pouco esse seu outro sonho para dedicar-se integralmente à família, na hora certa foi convencida pelo próprio Pedro que já era tempo dela retornar para sua caminhada acadêmica e também se realizar em outros universos.

O fato é que a chegada daquele filho modificou totalmente a vida de todos que estavam a sua volta. A felicidade agora tinha mil sabores e odores, mas, sem sombra de dúvidas, aquele pequenino ser era a maior de todas.

Bruno foi padrinho de batismo do pequeno André e obviamente se emocionou ao saber da escolha do nome. Afinal, para ele era uma homenagem para Acsa, a mulher maravilhosa que até o fim da adolescência era chamada André.

A pessoa que os ensinara que o amor era algo muito maior do que o estabelecido por um padrão construído por uma sociedade preconceituosa, crescentemente inculta e tão insensível.

Pedro se revelava, a cada dia que se passava, ser um pai cuidadoso e muito carinhoso. Da mesma forma, era um marido bem mais compreensivo, já que por um bom tempo a sua vida sexual foi muito alterada pelo ingresso daquele amado filho em sua rotina.

Na verdade aquela criança entrou literalmente entre eles na cama, mas Pedro realmente não se importava. Muito pelo contrário, adorava acariciar e cuidar daquela criaturinha, a prova viva da força do amor.

Além disso, queria que Mariana se sentisse plena em todos os sentidos e por essa razão a convenceu que dava para ela voltar a estudar e assim propôs ajudá-la.

Cuidar de algumas atribuições domésticas deixou de ser um sacrifício para Pedro e passou a ser um sacro ofício, isto porque o pequeno André tornou-se um especialista em bagunçar e sujar tudo.

Mais tudo aquilo fazia parte de um contexto bem maior chamado simplesmente de amor.

Logo ele, um ser obsessivo por manter tudo sempre arrumado e organizado milimetricamente nos exatos lugares, agora estava sendo diariamente torturado pela aquela criaturinha, que simplesmente ignorava suas obsessões e tirava tudo do lugar.

Mas, Pedro adorava aquele sacro ofício de repor tudo em ordem, pois amava muito aquele filho que desde que começou engatinhar, desarrumou por completo suas manias e esquisitices.

Ele já até se permitia fazer bagunças com aquele novo parceirinho de brincadeiras, mesmo que depois tivesse que marcar várias consultas adicionais com o seu psicólogo.

Pedro parodiava o poeta Fernando Pessoa, repetindo para si mesmo várias vezes, quando via a casa de pernas pro ar:

- Tudo vale a pena,
quando a bagunça é pequena.
Quem quer passar além do Bojador
Tem que passar além da dor.
Deus ao mar o perigo e o abismo deu,
Mas nele é que espelhou o céu.

Só que Andre, conforme ia crescendo, foi ficando cada vez mais hábil em espalhar as coisas pela casa para o amoroso desespero de Pedro.

Mas, ao mesmo tempo também era cada vez mais amado por aquele pai que estava aprendendo com ele como superar suas próprias esquisitices.

Assim, com essas pequenas adaptações e aprendizagens, curiosamente o desejo voltou a se reacender com o tempo e a vida íntima do casal também foi aos poucos sendo restabelecida, ou melhor, reorganizada.

Era impressionante constatar que mesmo com o retorno de Mariana aos estudos, eles conseguiam dividir as tarefas domésticas e ajustar os horários para se amarem ao máximo que a vida a três permitia, naquela casa secular.

Até que naquele dia Pedro retirou do armário dois lençóis que havia guardado há anos, cuidadosamente dobrados e guardados em sacos plásticos.

Juntou-os com o lençol urinado pelo filho e colocou-os na máquina de lavar, enquanto Mariana foi atender a porta, pois a campainha estava tocando.

Pedro finalmente convenceu-se que todas as marcas do seu amor pela sua mulher nunca mais se apagariam de seu coração.

Afinal aquele sentimento já estava fortemente impregnado em sua alma e bem além daqueles lençóis marcados.

Estava distraído na lavanderia, quando foi enlaçado pelas costas pelos braços de Mariana.

- Adorei a surpresa... Você não esqueceu o dia em que começamos... A nossa primeira vez.

Em suas mãos o buquê de rosas que ela recebera do entregador, justificava sua alegria e o carinhoso agradecimento e abraço.

Na verdade, Pedro havia completado um ciclo ao se desfazer da prova real do dia em que encontrou o verdadeiro amor da sua vida.

As verdadeiras marcas do amor iam muito além dos lençóis. Demarcavam a alma.

Naquela manhã ao lavar os lençóis de sua memória, substituindo-os pelo carinhoso envio das flores, ele assumira para si mesmo que seu amor precisava apenas recomeçar sempre.

Renovar-se a cada dia, sem medo, sem repetições e, principalmente, sem rotinas.

O corpo de Mariana roçava o dele, quando buscou seus lábios e sussurrou:

- Amei o cartão...

"Mesmo após mil primaveras e invernos
uma única verdade agora aqui repito:
- Meu amor por você sempre será eterno
e apenas nisso que eu realmente acredito."

Aquela noite prometia muitas emoções.

Aliás, era o futuro daquele amor que realmente se mostrava ser bem promissor, enquanto persistisse à busca de ambos da felicidade diária do outro, até que a morte os separasse.

Sobre o autor:

Flávio Chame Barreto é escritor, professor, biólogo e membro da centenária Academia Fluminense de Letras, ocupante da cadeira 39, da academia oficial do estado do Rio de Janeiro (Lei 7588 de 17 de maio de 2017).

Nascido em meados do século XX, dedicou-se a Educação em todos os níveis e aos livros. Ainda é casado com sua primeira namorada, tem um casal de filhos, um neto e uma neta e nas horas vagas é poeta e músico amador.

Outros livros do autor:

- Os Milagres de Kari; Flavio Chame Barreto, Ed. CDA; São Paulo; 2017.

- O Fogo inexplicável dos desejos; Flavio Chame Barreto, Ed. CDA; São Paulo; 2017.

- Biocionário: A compreensão de cada termo da Biologia desde a origem etimológica até sua função biológica; Flavio Chame Barreto, Ed. CDA; São Paulo; 2017.

- Como educar uma criança chamada Brasil; Flavio Chame Barreto; Ed. CDA; São Paulo; 2017.

- Linhas Hialinas; Flavio Chame Barreto; CDA, São Paulo; 2014.